ツンツンお嬢様の
デレ嫁修業
ほんじょう山羊
illustration© ゆき恵
美少女文庫
FRANCE SHOIN
JN286844

お嬢様と俺は仲が悪い！ 7
ツン1 私が結婚？ そんなの聞いてないッ！ 30
ツン2 どうして花嫁修業しなきゃいけないの！ 54
ツン3 フェラなんてしたくないんだからねッ！ 98

ツン4 バージンぐらいアナタにあげるわよッ！ 157

ツン5 ご奉仕エッチで調子にのらないでよッ！ 193

ツン6 私もアンタのこと好きなんだから…… 260

ツンデレ？ アンタ以外と結婚するワケないでしょ！ 284

お嬢様と俺は仲が悪い！

「なにぐずぐずしてるのよ！　さっさと歩きなさいよね！　ったくもう！　せっかく……せぇえええっかく、早起きしたってのに、のろのろのろのろ……智也《ともや》のその歩みの遅さ……まるで亀みたいじゃないの！　学校に遅刻しちゃうわよ本気で!!　ってか、遅刻どころじゃすまないわよ。このままじゃ夕方になっても学校につくことなんかできないわ。いえ、そんなもんじゃない。このままじゃ夜になっても延々通学路を歩き続けることになってもおかしくないわね。ホント、スローすぎてあくびが出るわ——って感じよ。まったく、どうしてそんなに遅いわけ？　もしかして智也の周囲だけ重力が十倍とかになってるんじゃない？　そうでなければ説明がつかないわ。科学的に!!　それとも、オカルト的に考えて呪われているとか？　例えば足に霊的なものが取り憑いて、智也を前に進めないようにしてるとか……って、駄目駄目駄目。駄目よ。そ……そそそ、そんな怖いこと考えちゃ駄目！　も、もうっ！　智也のせいで変なこと考えちゃったじゃない。これで夜眠れなくなったらどうしてくれるのよ！　これも智也の足が遅いせいだわ！　というか……今ティンと来たんだけど……まさか……まさかとは思うけど、智也……あんた、もしかしてわざと私を遅刻させようとしているんじゃないの？　そうじゃないとおかしいわ。それくらい智也……その歩き遅すぎるもの!!」

朝の通学路——木瀬《きせ》智也に向かって幼なじみであり、智也が住み込みで執事として仕える日本でも屈指の名家の一つである斑鳩《いかるが》家のお嬢様、斑鳩咲耶《さくや》が背中まで伸びる特徴的な金髪を揺らしつつ、碧《あお》い翡翠《ひすい》のような瞳を細めながらお叱りの言葉を向けてきた。

「お……遅すぎるって……だ……誰のせいだと思ってるんだよ！」

これに智也はダラダラと全身から汗を垂れ流しながら言い返す。

「誰のせいって……その言い方だとまるで私のせいみたいじゃない」

「みたいじゃない——じゃなくて、そのまますばり咲耶のせいだよ！」

「は？　意味わかんないんだけど」

「意味わかんないって……見ればわかるだろ見れば！」

そう言って智也は自分の手に持っている荷物をズイッと咲耶に突き出した。

智也の両手には紙袋が二つぶら下がっている。その中にははっきり言って持ち歩くにはかなり重い書道セットと、美術の授業で使う画板やら絵の具などが入っていた。本日の授業で使う道具である。一つは智也のもの、もう一つはもちろん咲耶のものだ。

手提げの学生鞄は、手提げ部分を無理矢理左右に大きく広げて背中におぶっている。これがまた窮屈であり、より智也の動きを緩慢なものに変えていた。

「それがどうかしたの？」

全然言葉の意味がわからないんですけど〜〜〜っといった感じで、咲耶は小首を傾げてみせる。こ、この野郎！

「どうしたの？　じゃないっつの！　こんな重いもの持ってたら動きが遅くなるのも当然だって俺は言いたいの！　それくらい理解しろって！」

「ああ……なるほど。でも、今日の荷物は重いから俺が持つって言ったのは智也じゃない」

「そ……それは……」

うぐっと言葉につまってしまう。

確かにそう言ったのは自分だ。間違いない。

でもだってそう言ってしまうのも仕方がないではないか！　実際書道道具と美術道具の二つをセットで持つのはかなり重そうだったのだから……。

「そ……その通りだけど……。だ、だからって二つ一緒に渡すか？」

「……それは私だって最初に言ったじゃない！　二つだと重いから一つでいいって」

「いや、待て！　それは言い方が違う！　あの時の言い方は——あらん？　二つも持てるの？　智也みたいなもやしっ子が……。あはは、無理無理。そんなの絶対不可能よ。だから……仕方ないからまぁ一つ渡すだけにしといてあげるわって」

「な……なんか物真似されるとちょっと気持ち悪いんだけど……。っていうか、私そんな言い方した？」

「したよ！　お前の言葉を忘れるわけないだろ！」

一言一句間違えてはいない。咲耶の言葉を間違えることなんてあり得ない。

「って……かか、勘違いするなよ！　俺は執事として主の言葉だったらなんだって覚えておけるように仕込まれてるんだ！　別に咲耶の言葉だから覚えてたわけじゃないからな！　あくまでもお嬢様の言葉だから覚えてただけだからな！」

顔を真っ赤にして慌てて言い訳する。

「わかってるわよそれくらい。というか、だからなんなの？　私がそういう言い方をしたのが、智也の現状となんか関係あるわけ？」

「関係あるに決まってるだろ！」

「どうしてよ」

「どうしてって……だってそうだろ！　あんな言い方されたらそりゃ持てるに決まってるだろって！　強がっちゃうに決まってるじゃないか！　俺がそういう性格だってこと、咲耶はよくわかってるだろ？」

「それは……。ま、まぁ……」

困ったような表情を浮かべつつ咲耶は頷く。

智也の家——木瀬家は昔から代々斑鳩家に仕えてきた。当然智也の父も斑鳩家の執事である。故に、智也は咲耶とは物心つく前から一緒に暮らしてきた。それこそ本物の兄妹（姉弟）のように。

このため、互いの性格は把握済みというわけである。

「だろ？　ってなわけで、こうなったのは咲耶が悪い。つまり、遅刻しそうなのも咲耶お嬢様のせいってわけだ」

「むむむ～」

プクウッと咲耶は頬を膨らませた後「わ……わかったわよ！」とか言い出した。

「なら私が持てばいいんでしょ持てば！　ほら……さっさと渡しなさいよね」

そう言って右手を差し出してくる。

「——え」

智也はその手を見つめた。

咲耶はどちらかと言うと小柄である。遠くからパッと見れば年齢よりもずっと幼く見えるくらいだ。

（いや……その……む……胸とかはクラスメートの誰よりも大きいけど。お尻もプリッとしてて、エロい身体してるけど……。って、バカバカ、なに考えてるんだ！　相手は咲耶だぞ！　こんなわがままお嬢様の身体見てエロいとか考えるって……どうかしてるぞ！　だいたい、胸とか大きくてもこんなちっこいじゃないか。咲耶はまだまだお子様だよお子様！）

　そんなお子様に重いものを持たせるというのはどうなのだろうか？

「べ……別にいいよ。最初に持てるって言ったのは俺なワケだし」

「はぁ？　なにそれ!?　私は持ってあげるって言ってるんだけど！」

「別に持ってもらう必要なんかねぇって俺は言ってるの！　大体さぁ、こんな重いものを咲耶持てるのかよ？」

「……ど……どういう意味よ？」

「どうってそのままの意味だっての！」

　そう言うと智也はわざとらしくジロジロと咲耶の身体を上から下まで見つめてみせる。

「な……なによその視線。イヤらしいわね」

なんだかわずかに顔を赤くして、幼なじみお嬢様は自分の胸元を隠した。制服に皺が寄る。脇を締めたせいで胸の肉がキュッと集まり、ただでさえ大きな乳房がなんだかより大きく見えた。ワイシャツのボタンなんか今にも飛んでしまいそうなくらいだ。

思わずゴクッと喉を鳴らして胸元を凝視――

(だっから！　馬鹿！　俺のバカバカ！　気にするな！　見るな見るな見るな！)

念仏のように自分自身に言い聞かせ、表面上だけは「胸？　はて……それってなんですかな？」といった態度をとる。

「イヤらしいとか言うな。咲耶の身体をイヤらしい目で見たって面白くもなんともないよ」

「カッチ～ン!!　なによその失礼な言い方！　だったらなんで私の方を見たわけ？　舐め回すような目で！　本当は私のナイスバディに見惚れちゃったんじゃないの？」

「そんなわけあるかっての」

「だったらなんで私を見たのよ！」

「なんでって……ちっこいお子様だよなぁってのを、改めて確認したんだよ。こんな小さい身体じゃ重い荷物なんてとても持てないだろうなぁってさ」

「な――ななな！」

ピイイイッと湯が沸いたヤカンのような音がしそうな程の勢いで咲耶は顔を真っ赤

に染めていく。

「わ……私をちっこいですって！　私のどこがちっこいってのよ！」

「どこがって見ればわかるけど……自分でだってわかってるだろ？」

「うっ——それはその……」

ビクッと身体を震わせて、咲耶は視線を泳がす。自分の身長が小さいということは自身もよくよく理解はしているのだ。

とはいえ、この程度で幼なじみは怯んだりしなかった。

「でも……だからどうしたっていうのよ！　身長が低い？　だからって荷物を持てないわけないじゃないの！　智也が持ってるものくらい私だって簡単に持てるわよ！　なんたって私は智也の主なんだから！　執事がやれることを、主たる私ができないわけないでしょ！　ってなわけでさっさと寄こしなさい」

ズイッとさらに手を伸ばしてくる。

「いや……駄目だ！　落として壊されたら困る」

「落としたりなんかしないわよ！　大体、あんたが非力なせいで遅刻しそうになってるんじゃない。この私……斑鳩の次期当主になる私にそんな恥をかかせるつもりなの？」

確かに、斑鳩のお嬢様を遅刻させるのはまずい気がする。結構咲耶は無遅刻無欠席を誇っているところがあるので、自分のせいでそれを途切れさせてしまうのは申し訳ない。

ただ、だからといって「じゃ、頼むよ」と荷物を渡すこともできない。

こんな小さな身体でたとえ一つでも重いものを持ったらふらつくことは間違いないからだ。偉ぶってはいるけれど、小さいだけに体力も力もないし……。

「駄目だ！　これは俺が持っていく！」

「なっ!?　わ……私が寄こせと言ってるのに？」

「そうだ！」

「そうだって智也……これは主命なのよ！」

「それがどうした！」

「な……なんですってぇ！　主に対するその態度……見過ごせないわよ！　ほら、寄こしなさい！　寄こせと言ってるんだから寄こすのよぉ！」

「イヤだね～」

荷物は重い——けれども力を振り絞り、智也は走った。その後を咲耶が目をつり上げて追ってくる。

「むわぁあああてぇえええええ！」

「いぃいいいいいやだぁああああ！」

朝っぱらから汗だくになりながら、二人は走り続け――結果的には本来登校すべき時間よりだいぶ早く校門を潜ることとなった。

「あ……あれ？　が……学校？」

「はぁっはぁっはぁっ……ま……マジだ……」

汗だくになりながら、二人で昇降口を見つめる。

「おっ……また朝から夫婦喧嘩しながら登校か？」

呆然としていると、からかうような言葉が向けられる。

「「夫婦じゃない!!」」

二人で声を揃えながら殺気を迸らせつつ、ギンッと瞳を光らせて声の主を睨む。

「うおっ！　息ぴったりだな！」

射貫くような視線に驚いたのは、クラスメートの井上良樹《いのうえよしき》だった。

「「息ぴったりとかそんなこと全然ないから！」」

また声が揃う。

思わず「真似すんなよ！」「真似しないでよね！」と睨み合った。やっぱりタイミングぴったりである。

「朝っぱらから古典的な喧嘩してるわね～。ホント仲良しよねあんたたちって。あ～、熱い熱い」

するとクラスメートの上条《かみじょう》茜《あかね》がどこからともなく姿を現し、パタパタと首元を手で扇いでみせてきた。

「ちょっ――茜！　わ……私はこんな奴と仲良しなんかじゃないわよ！」

慌てて咲耶は否定する。

「いや～。どっからどう見ても仲良しだって。木瀬～あんたホントラッキーよね、こんな可愛い幼なじみがいて。あたしが男子だったらマジ自慢しまくるわよ」

ツンツンッと肩を突かれる。

「ば――ばっか！　咲耶が言ってるとおり、俺たち全然仲良くなんかねーし！」

「ふ～ん仲良くないねぇ……。とか言ってるけどみんなはどう思う？　この二人が夫婦だと思う人きょ～しゅ♪」

ケラケラ笑いながら周囲の生徒たちに茜は声をかける。

これに応えて、見事周りにいた十数人の生徒たちが一斉に手を挙げた。

「な……ななな」

「ちょっ！　なんで私たちの知り合いじゃない人間まで手を挙げてるのよ!!」

十数人も生徒がいれば、当然顔見知りでないものもいる。なのにそんな生徒までビシッと手を挙げていた。

「なんでって……その……。毎朝仲良しなところ見てますから……ねぇ」

「そうそう……。我が校の誇る古典的バカップルだろ？」

「ば……バカップルって……」」

愕然とした表情で智也は咲耶と共に立ち尽くす。

「ってことよ♪」

「よかったな」

パチンッと茜がウィンクをし、良樹がポンポンッと肩を叩いてくる。

「よ……よよよ、よくない！　こんなの認めない！　認めないぞ!!　俺が咲耶とカップル？　馬鹿言うなよな！」

「そうよ！　こんな奴とカップルなんて死んでもごめんよ！　智也はあくまでも私の執事なの！　それ以上でもそれ以下でもないんだからね!!」

カップル発言を撤回させるため、二人揃って良樹と茜にズズイッと顔を寄せた。

「馬鹿言うなとか認めないとか言われても……なぁ」

「説得力ゼロよ」

なぜだろう？　こんなに仲良くない、カップルじゃないと言っているのに、なぜ信じてもらえないのだ？

「だっていつもべったりだし」

「仕方ないだろ！　俺はこいつの執事なんだから！」

「仕方ないでしょ！　こいつは私の執事なんだから！」

またハモってしまった。

「ほら、そういうところが」

また言われてしまう。

「ちょっと智也！　あたしの真似しないでよね！」

「それはこっちの台詞だっての!!」

結局また言い合いが始まってしまった。

この様を見て、なぜかみんなが微笑ましいものでも見るような視線を自分たちへと向けてくる。

「「そんな目で見るな～！」」

絶叫が青空の下に響き渡った。

＊

「まったく、今朝みんなにからかわれたのは、あんたが素直に私に荷物を渡さなかったからなんだからね！　おかげで一日中茜にからかわれちゃったじゃない……。い、いつものことだけど……」

「それはこっちの台詞だっての。咲耶がしつこく俺から荷物を取ろうとするから。咲耶の細腕じゃ無理だって言ったのに」

夕方学校から帰り斑鳩家の屋敷に戻った二人は――やっぱり言い争っていた。

ちなみに場所は斑鳩の屋敷内にある智也の自室である。二人の間には丸テーブルが置いてあり、その上にはノートとテキストが広げられていた。本日の宿題を片付けている最中というわけである。

が、正直なところ二人とも宿題にはまるで手をつけることができないでいた。宿題よりもとりあえず今日のことを言い争う方が先決というわけである。

「細腕じゃ無理って……失礼なこと言うわね！　私は持てるって言ったじゃない」

「い～や、だから無理だったって。あんな重いもの持ってふらついて怪我したらどうするんだよ！」

と言ったところで――

（いや、待てよ）

と考えてしまう。

これではまるで自分が咲耶を心配しているみたいではないか。

って、まぁ咲耶に怪我をして欲しくないってのは事実だけれど……だけどでも、それはあくまでも執事としてであって……。

「なにそれ……それって私のこと心配してるってこと？」

なんて心の中で言い訳をしていても、咲耶に届くわけではない。当然咲耶は言葉の意味を考えてしまう。

「え……あ……それは……」

あくまでも俺は執事として主を心配しているだけだ——ここはそう答えるのが一番である。が、なぜかこれを口に出すことができない。なんていうか、ちょっとそんな風には応えたくないというか……。

「それはなんなのよ？」

「だ……だからな……」

なんて言葉につまっていると、ちょうどタイミングよくコンコンッと部屋の戸がノックされた。

「誰？」

「天神《あまがみ》です」

いったんこちらへの追及を止めた咲耶が問うと、ちょっとハスキーな声が返ってきた。

「聡子《さとこ》さんですか……。どうかされたんですか？」

返事を聞くと同時に智也は立ち上がり、ドアを開ける。

そこにはシックなメイド服を身に着けた一人のショートカットの女性が立っていた。

切れ長の瞳にスッとまっすぐ通った鼻梁の美人である。身体付きはまるでモデルのようにスラリとしている。艶やかな髪からは、なんだか桃のような甘い匂いがした。いい香りに思わずうっとりとした表情を浮かべてしまう。

この女性の名は天神聡子――智也と同じく斑鳩家に仕えているメイドである。

「ごめんなさいね。せっかくの二人の時間を邪魔しちゃって」

ニッコリと聡子は笑った。

精巧に作られた人形のように整った顔をしている女性の笑みである。正直見惚れた。

(ああ、こんな美人な人が恋人だったらなぁ……)

あんなことやこんなことを手取り足取り教えてもらえるのに……。

「なにだらしない顔してるのよ！」

な～んてことを考えていると、ボソッと耳元で咲耶に囁かれた。

「どぅおわぁあああああ！」

反射的に驚きの声を上げ、智也は聡子から距離を取る。

「フンッ！　スケベ！」

「す……スケべって……人聞きが悪いぞ！」

「だってスケベなんだもん。どうせ智也のことだから、聡子に対してなんかイヤらしいこと考えてたんでしょ？」

「うぐっ」

い、言い返せないぞ……。

「まぁまぁお嬢様。智也くんは変なことを考えたりなんかしませんよ」

こちらに軽蔑の眼差しを向けてくるお嬢様を聡子が宥めてくれるのだけれど——すみません。ちょっとイヤらしいこと考えちゃったのは事実です……。

「そうやって私の執事を甘やかさないでよね！」

「はいはい。わかっておりますよ。智也くんはお嬢様だけのものですものね」

「んなっ！」

ポカンッと口を開けて咲耶は硬直した。同時に凄い勢いで顔が赤く染まっていく。

「へ……変な言い方しないでよね！」

「はいはい♪」

完全にお嬢様も手玉に取っている。さすがはベテランメイドといったところか。

「で……そそそ……そんなことより、なんの用なの？　わざわざここに来たってことはなにか用事があったんでしょ？」

なんか話を誤魔化そうとするように、咲耶は話を進めた。

「あ、はい……。その……実は旦那様がお嬢様に話があると」

「お父様が？」

お嬢様は小首を傾げる。

同様に智也もはてなっと頭上に〝?〟マークを浮かび上がらせた。

旦那様が改めて娘である咲耶を呼び出す？　一体なんのために？　話だったら夕食時にだってできるのに……。

そうしないということはつまり、結構重要な話ということなのだろう。

う～むと考えてみるが答えには思い当たらない。

「……あ～、もう、わかんない！　一体なんの話なの？」

それは咲耶も同様だったらしく、しばらく考えこんだ末、ついには参りましたというような表情を浮かべた。

「それは私の口からは……直接旦那様にお聞き下さい」

「それもそうね……」

話の内容は直接本人に聞くのが一番である。

咲耶は「わかったわ」と頷くと、ギロッとこちらに鋭い視線を向けてきた。

「な……なんだよ？」

「そういうわけだから……」

「そういうわけだから？」

「智也も一緒に来なさい！」

「――は？」

まったく予想していなかった言葉に、一瞬だけだけれど頭の中が真っ白に染まる。

「な……なんで俺が？」

「なんでって当たり前でしょ！　智也は私の執事なんだから。それとも、私の言うことが聞けないって言うの？」

「……わかったよ」

私の執事なんて言われてしまっては仕方ない。事実なワケだし。それに――

(旦那様の改まった話ってのもちょっと気になるんだよな)

一体なにを咲耶に話すつもりなのだろう？

「ホント仲良しですね」

「違います！」

「違うわよ！」

ああ、やっぱり声が揃ってしまった。

＊

というわけで、智也は咲耶と共に斑鳩家現当主、斑鳩真一郎《しんいちろう》の執務室へと入った。

「来たか咲耶……それに……智也くんも来たのか」

デスクについた真一郎が少しだけ驚いたような表情を浮かべる。

呼ばれたのは咲耶だけだ。なのに自分までついてきてしまったのはやはりまずかっただろうか？　ちょっと心配になってしまった。

「なによ。智也がいたらまずいワケ？　智也は私の執事なの。どういう時にも私の後ろに控えてる存在なんだから！　お父様だって聡子を後ろに控えさせてるじゃない」

が、咲耶はまるで怯んだ様子を見せない。それどころかギランッと瞳を輝かせると、メイドを背後に立たせる自分の父に対して容赦なく鋭い言葉を向ける。

「え……あ……その……。ま、まずいなんてことはないよ咲耶ちゃん」

「だったら智也くんも来たのか……なんてこと言うんじゃないわよ。智也は私の後ろに控えていて当然なの！　だから智也のことは空気みたいにいてもいなくてもいい扱いにしなさいよね！」

「あ……はい……。わかりました。その……わかったから……あんまり怖い顔しないでね」

ちょっと押されてるぞ旦那様！

って、そんなことより、空気みたいにいてもいなくてもいい扱いとは、ちょっとひどくないか。俺をなんだと思ってるんだよ！　って空気か……。

などとここまでやっては来たものの、自分にできることはなにもないので心の中で抗議をし、自分で自分に突っこみを入れたりしてみる。

「で、わざわざ呼び出してまで話ってなんなのよ？」

もちろん咲耶はそんな智也のリアクションには気付かない。父親を鋭い視線で見つめながら、ここに呼び出した理由を問うた。

「え……あ……それはだな……」

ちょっと娘に対してビクビクしつつ、真一郎は視線をなぜかこちらへと向けてきた。

（ん？　旦那様……俺のこと見てるよな？　どういうこと？　話ってまさか俺に関係することなの？）

一体なんだろうか？

もしかして、まさかとは思うけど――く、クビを言い渡されたりしてしまうとか？

なんか最近大きいミスしちゃったっけ？　いや、結構職務に関しては真面目にしてたと思うけど……。

わからない。わからないぞ。

待てよ……あれか？　いつも喧嘩ばっかりしてるからか？

「なに？　なんで智也を見てるのよ？　ま……まさか智也をクビにする気!?　も、もしかしていつも喧嘩ばっかりしてるから!?」

「ああ……いや、違う違う。そうじゃない。智也くんにはその……あ、あまり関係ない話だ。これはあくまでも咲耶への話だから」

同じ結論に辿り着いた咲耶の質問のおかげで、自分がクビではないことを知り、ホッと息を吐く。

ただ、話が咲耶へのものだとするとなんで旦那様はこちらを見てきたのだろうか？

しかもあの目、ちょっとこっちを気遣うようなものだったぞ。

（一体どういうことなんだ？）

「じゃあなんなのよ!?　言いたいことがあるならはっきり言って！　回りくどいのって好きじゃないから」

本当に父親相手でも一歩も引かないお嬢様である。

「はぁ……つまりだなその……」

この娘の態度に、斑鳩家当主はついに観念したように大きく息を吸うと、まっすぐ咲耶を見つめ――


「実はお前の婚約が決まった」


そう一言告げてきた。

「「――へ？」」

これに対し、智也と咲耶は同時にポカンと口を開く……。

ツン1 私が結婚？　そんなの聞いてないッ！

頭の中が真っ白になる。

婚約？　え？　だ、誰の？

って、考えるまでもなく咲耶のだよな……。

でも、咲耶が婚約？　は？　え？　なんで？　誰と？

思考がグルグルと渦を巻く。

「まぁ婚約が決まったといっても本決まりではないがな……。その、話が来たから一応お前にも聞かさなければいけないなと思って話しただけだ。最終決定は咲耶。お前に任せるよ。私はお前の意思を尊重する。お前がイヤなら断ってくれてもいいんだぞ」

「とは言いますが旦那様。相手が誰なのかをお話しにならないと、お嬢様も決めがたいのではないでしょうか？」

「む……。確かにそうだな。では聡子くん」

「かしこまりました」

呆然とする智也の前で聡子は頷くと、一冊の冊子を取り出し、やはり呆然と立ち尽くす咲耶へとそれを開いて渡してきた。

冊子には一枚の写真が貼られている。

写っているのは自分たちと同年代くらいの少年だ。

顔立ちはまあまあ整っていると言えるだろうか？　いや、まあまあどころじゃない。見た目の印象を一言で言うならば『王子様』といったところか。正直男である自分でさえも思わず「か……かっけぇ」とか呟いてしまうレベルである。

「その方は片桐《かたぎり》家の縁戚の方で、名前は片桐春馬《はるま》と言います。片桐家のことはお嬢様もご存じですよね？」

片桐家――その名は智也だって知っている。確か七百年も前から続いている武家の名家で、現在でもいくつもの企業を経営している家だ。その権勢は斑鳩家に勝るとも劣らないものである。

「実は私の姉が片桐家に勤めておりまして、その縁でこの話が持ちこまれたのです」

そういえば聡子は双子だったはずだ。前にそんな話を聞いたことがある。

「どうだ。写真を見た感想は？」

真一郎が咲耶に問う。

が、咲耶はアルバムを手に持ったままポカンと口を開け、ただひたすら呆然としていた。父親の言葉も聡子の言葉もまるで耳に入っていないといった様子である。まぁそれは智也も同様だったのだけれど……。

「…………」

そのような状態であるためか、父の問いに娘はまったく答えようとはしない。ただひたすら硬直し続ける。

「……ど、どうやら今答えを聞くのは止めておいた方がよさそうですね」

「むむ……確かにそのようだな。まぁそのなんだ。ことがことだけに早急に答えなければならないというものではない。向こうだってそれくらいはわかってくれるだろう。そういうわけだから、じっくり時間をかけて考えてみてくれ」

というワケでこの場での話は終わり——智也は咲耶と共に無言のまま部屋に戻った。

*

「…………」

「…………」

部屋を出る前の定位置に二人で座る。未だテーブルにはテキストが広げられており、一見すると部屋を出る前と同じ状況に戻った……わけだけれど、結局口を開くことができなかった。

なにを言えばいいのか？

それがさっぱりわからない。

気まずい沈黙が室内に広がっていく。

（なんかこれ……まずいだろ。なんか言わないと……）

だがなにを言えばいいのか？

こういう時かける言葉とはなにか？

考えようとするのだけれど——

（婚約？　それって結婚？　咲耶が結婚？）

などという思考が頭の中を駆け巡り、まともにものを考えることができない。

脳裏に花嫁衣装を身に着けた咲耶の姿が思い浮かぶ。自分でもなぜだかよくわからないけれど、想像するだけでなぜかズキズキと胸が痛むのを感じた。

結婚……。咲耶が結婚する。見ず知らずの男と——なんだか凄く嫌な気分だった。

結婚なんかして欲しくない。素直にそう思ってしまう。

「よ、よかったじゃん」

だというのに、気付いたらそんな言葉を口にしてしまっている自分がいた。

「……よかった？　なにがよ？」

俯いていた咲耶が顔を上げ、こちらを見つめてくる。

（って、なに言ってんだよ俺は……よくない！　結婚なんか絶対よくないぞ）

などと心の中では思いつつも、

「なにがって考えなくてもわかるだろ？」

なぜか結婚はイヤだという言葉を口にすることはできなかった。

「……どういう意味よ？」

「いや、だってさぁ。婚約だぞ婚約。それって結婚できるってことだろ？」

「そりゃそうだけど……。それのなにがいいって言うのよ？」

わけがわからないといった様子で首を傾げる。

そんな幼なじみに対し、ニヤアッと智也は悪戯《いたずら》っ子みたいな笑顔を浮かべてみせた。

「つまりな──」

＊

「…………………」

「…………………」

部屋を出る前の定位置に咲耶は智也と共に二人で座る。未だテーブルにはテキストが広げられており、一見すると部屋を出る前と同じ状況に戻った……わけだけれど、結局口を開くことができなかった。

なにを言えばいいのか？

それがさっぱりわからない。

気まずい沈黙が室内に広がっていく。

（なんかこれ……まずいわよね……。なにか言わないと）

黙ったままで二人で向かい合う。なんだかつらい状況だった。

だからなにか言うべき言葉を考えるのだけれど、なかなか答えは思い浮かばない。

というか、必死に言葉を考えようとしても——

（婚約？　結婚？　私が？）

という思考が頭をもたげてきてしまい、まともにものを考えることができなかった。

脳裏に花嫁衣装を着た自分の姿が思い浮かぶ。隣に立つのは父親に見せてもらったアルバムの少年だ。

はっきりイケメンと言っていい顔立ちの少年である。街を歩いている姿を見かけたら、足を止めて二度見すること間違いないだろう。

咲耶だってまだまだ夢見る女の子であるから、そんなかっこいい男子と並んで歩くということを想像したことがないわけではない。写真通りであればあの婚約者はまさに理想通りの男の子だ。

だというのになぜだろうか？

婚約者と自分が並んでいる姿を想像してみるものの、まるでしっくり来ない。脳裏に映像を思い浮かべはするものの、違和感だらけでなんだか気持ち悪ささえ感じた。それに、自分と婚約者が並んでいる姿を智也に見られていることを想像すると、それだけで胸がなぜかズキズキ痛む。

（って、なに考えてんのよ！　私が誰と結婚しようが智也は関係ないでしょ！）

ブンブンッと首を横に振って胸の痛みを吹き飛ばした。

「よ、よかったじゃん」

とか幼なじみが言い出したのは、ちょうどそんなタイミングのことである。

よかった？　一体なにがよかったというのだろうか？

唐突な言葉の真意を測りかね、問い返す。すると智也はもったいぶった言い回しをしながら、ニヤアッと悪戯っ子みたいな笑みを浮かべた。

「つまりな――ほんっと咲耶ってツイてるなってことだよ」

「ツイてる？　私が？　一体なにがツイてるっていうのよ？」

「だってそうだろ？　咲耶みたいにわがままな上に、怒りっぽいと――普通結婚なんかできないぞ。なのにあんなかっこいい男と婚約が決まるとか……これをツイてると言わずして、なにをツイてるって言えばいいんだ？　ホント斑鳩家に生まれたことを感謝した方がいいぞ。よかったな♪」

楽しそうにケラケラと智也は笑う。

「な……ななな……なんですってぇええ！」

これにはカチーンと来た。

「私がわがままで怒りっぽい？　その上結婚なんかできないですって！　ちちち、ちょっと……それどういうことよ？」

カアアッと頭に血が上っていく。

「どういうことって……そういうことだよ。ほら、もう顔が真っ赤になってるぞ！　すぐ怒りすぎだっての。そんなんじゃ結婚できたところですぐに離婚だな離婚」

「ななな……き、聞き捨てならないわよ！」

「でも事実だし～！」

「ムキ～！」

言われっぱなしでカンカンになってしまう。

だが、確かに自分が怒りっぽいことは事実である。実際今も怒り狂ってしまっているわけだし……。

ただ、だからといってこのまま自分ばかりが責められ続けるというのは我慢ならない。

「ん？　なにか言いたそうな顔だな、なんだ？」

「なんだってその……ひ、人のこと結婚できないとか言うけど、あんたの方こそ今のままじゃ結婚なんかできないわよ！」

「どどど……どういう意味だよ！」

「どういう意味って、そのままの意味よ！　あんたこそすぐに頭に来る方じゃない。男のくせに器が小さいのよ。女の子のことからかって楽しむような男に可愛いお嫁さんが来るなんて到底思えないわね。離婚どころか相手すら見つからず一生一人寂しく暮らすのよ」

「ぬなっ！　なななななっ！」

咲耶に負けず劣らず、智也は顔を真っ赤にしていく。

「それに引き替え私にはかっこいい許嫁《いいなずけ》ができた。結婚したら一人寂しく落ちこんでるあんたの背中を指差して笑ってやるわ」

「う……うるさい！　俺だって結婚相手くらい簡単に見つけてやるよ！　でもって離婚したお前を笑ってやるからな！」

「なんですってぇええ！」

「なんだよっ！」

ギリギリリッと二人で歯ぎしりしながら睨み合う。

「「フンッ！」」

そして同時に顔をそむけた。

「絶対あんたの言ったとおりになんかならないから！　私は春馬くんと結婚して幸せになってやるわ！」

「はいはい。そうなればいいですね～」

なんて言葉を最後に、咲耶は一人智也の部屋を飛び出した。

＊

咲耶が部屋を出ていった。

一人智也は残される——自分の部屋だから当たり前なのだけれど……。

（ああ……なんでああいう言い方しちゃったかな……）

結婚なんかして欲しくない。そう思ったはずなのに……。

「ああもうっ！」

ベッドにダイブし、枕に顔を埋めてジタバタする。

本当に咲耶は結婚するつもりなのだろうか？　もしそんなことになったら……。絶対嫌だ。止めなくちゃいけない。絶対に……。だけど、多分咲耶を前にすると素直になれない。

ああ、一体どうすれば——なんてことを考えていた時、コンコンと部屋がノックされた。

「天神です。入ってもいいですか？」

聞こえてきたのは聡子の声だ。こんな時間に一体どうしたのだろうか？

あんな美人が一人でなぜ自分の部屋に？　まさか――妄想が始まる。

『ねぇ……智也くん。お嬢様も結婚することですし、私たちもそろそろ身を固めない？』

耳元で聡子が妖しく語りかけてくる。フウッと耳に届く吐息に、ゾクゾクとしたものを智也は感じた。

『み……身を固める？　それって……ど、どういうことですか？』

緊張しながら聡子に尋ねる。

すると彼女はウフフッと優しく微笑みつつ、切れ長の瞳を細めた。

『どうってもちろん結婚するってことよ』

ボソッと語りかけながら、優しく智也の身体を抱き締めてくる。グニュッと胸元に押し当てられた乳房が潰れた。マシュマロみたいに柔らかな感触が伝わってくる。ドクッドクッと胸が激しく鼓動するのを感じた。

『だ……駄目ですよ聡子さん。僕は聡子さんに釣り合いません。聡子さんにはもっと立派な人が……』

胸の音が聞かれてしまうのではないか？　そう考えると恥ずかしく、智也は聡子から離れようとするのだが、彼女はこちらを放してはくれない。

『そんなことないわ。私が結婚したいのは智也くん。貴方だけ。私は貴方と身を固めたいの。ねぇ……いいでしょ？』

それどころか囁くような言葉を呟きつつ、伸ばした手をソッと智也の股間に添えてきたかと思うと、そのまま優しく撫で始めてきた。

『あっ……だ、駄目です！　それはいけません聡子さん！』

大事な部分が上下に擦り上げられる。強い力はこめられてはいない。本当に指先でなぞってくるだけである。それなのに、ほんの少し擦られるだけで、全身がゾクゾクしていくのを智也は感じた。

『なにが駄目なの智也くん？』

『なにがって……こんな……こんなことされたら……身を固める前に、別な場所が硬くなってしまいますよ……』

「智也くん？　あの……入っていい？」

「え？　あ……は、はいっ！　ど、どうぞぉっ」

ちょうどそこで妄想が断ち切られる。慌てて室外の聡子に声をかけた。相当焦ったせいで、ちょっと語尾が裏返ってしまったことが情けない。

「失礼するわね」

室内にメイドが入ってくる。

やはり美人だ。彼女が室内に入ってきただけで、なんだか爽やかな風が吹いてくるのを感じた。

「えっと……一体なんの用ですか？」

しかし、それにしてもなんだって彼女はここに来たのだろうか？

まさか本当に妄想通りエッチなことをしに？

「別にたいしたことじゃないのよ。ただ、もしかして智也くんが落ちこんでるんじゃないかと気になってね」

「落ちこむ？　俺が？」

一体なぜ？

落ちこむようなことってなにかあったたっけ？

はてなっと首を傾げる。

「だってそうでしょ？　その……いきなり目の前でお嬢様の婚約が決まるなんて……本当に驚いたんじゃない？」

「え？　あ……ああ……そのことですか……」

先程の出来事が再び脳裏に思い浮かぶ。

思い出すとやっぱりズキッと胸が疼くのを感じた。

「それは……」

間違いなく落ちこんでいる。思い出すだけで気分が暗くなってくるくらいに……。

「ぜ……全然……あはは……全然落ちこんでないッスよ。なんで？　どうして俺が咲耶の結婚で落ちこまなくちゃいけないんですか。へ……へへへ……変なこと言わないでくださいよ」

だというのにやっぱりその気持ちを素直に表に出すことはできず、否定してしまう。

しかし——

「なるほど。よくわかったわ。ホント智也くんって素直よね」

なぜか聡子は笑った。

自分が素直？　それは一体どういうことなのだろうか？

さっぱり理解できなかった。

＊

咲耶は一人自室に戻ると、豪奢な天蓋付きベッドに飛びこみ、枕に顔を埋めてジタバタする。

（ああ～。私のバカバカ！　なにまた喧嘩しちゃってるのよ！）

またいつものように智也と言い争いをしてしまったことを後悔していた。別に喧嘩なんかしたくなかったのに……。

（それもこれも智也のせいよ！　あいつがあんな言い方するから！　でも……）

もう少し自分にも言い方というものがあったのではないかと考えてしまう。もう少し穏便に済ますことができれば……。

な～んてことは正直いつも考えていることだ。それはよくよくわかっている。だというのに、なぜか智也の前だと自分を抑えられなくなってしまうのだ。

ついつい心にもないことを言ってしまうことも多々ある。

例えば――

『私は春馬くんと結婚して幸せになってやるわ！』

という言葉だ。

（結婚？　私が？　あんな……写真だけでしか見たことないような男と？）

父に見せられたアルバムに写っていた片桐春馬を再び思い返す。

確かにいい男だけれど……。

（どんな性格かもわからないような男と結婚なんかやっぱりあり得ないわ……。しかも私が結婚ってことは、相手は婿入りするわけで……それってつまり智也の前で夫婦生活を送るってことなのよね？）

幼なじみの前で送る新婚生活——自分たちに向けられる智也の視線を想像するだけで、ズキンッと胸が激しく痛んだ。

（ああもう！　こんなこと考えちゃ駄目よ！　考えててもなんかイライラするだけだし……。こんなこと考えるより……それより……そ、そうだ！　宿題。宿題をやらないと！）

そういえば父の話のせいで今日は宿題をやれていない。ベッドでジタバタしていても考えてしまうのは変なことばかりだし、たまには積極的に勉強もしてみよう。

そう思い、起き上がると勉強机に向かう。

ただ、机の上はほとんど物置と化していた。

（うう、まずはこれを片付けないと……）

普段は智也の部屋でばかり勉強しているツケである。

「はぁあああ……」

ため息をつきながら、机に積まれた本に手を伸ばした。

ちょうどそのタイミングでコンコンッとドアがノックされる。

「誰？」

こんな時間——夜の十一時だ——に部屋に来るなんて一体誰だろうか？　もしかし

て智也だったりして？

『き……今日のことを謝りに来たんだ』

とか言いに来た……とか？

「天神です」

しかし、相手は智也ではなかった。

なんだかしょんぼりしてしまうものの、

（って、なに落ちこんでるのよ！　むしろここは喜ぶ場面でしょ！　智也なんかの顔を見なくてすむんだから！　聡子——ウェルカムよ！）

必死に首を横に振ると共に、大きく深呼吸すると、咲耶はお嬢様らしくキリッとした表情を作る。同時に数代前のご先祖様に外国人がいた影響で金色に輝く美しい髪を『その必要はないわ』なんてクールな顔で決める魔法少女みたいな仕草でファサッと指で払い——

「入りなさい」

とできる限りクールに告げた。

「失礼致しますお嬢様」

キイッとドアを軋ませながら、室内に聡子が入ってくる。メイドらしくかしこまった仕草が実に堂に入っていた。女である自分の目から見ても一つ一つの動作が美しく見える。いつも智也がぼうっと見惚れるのも納得といった感じだ。

（聡子みたいにすれば私にも見惚れたりするのかしら——）

な～んてことを考えてしまう。

（いやいやいや……ななな、なに考えてるのよ！　智也にどう思われようが——）

「関係ないでしょ！」

思わず声に出し、自分の考えを振り払った。

「へ？　な……なにがですか？」

当然聡子に聞かれてしまう。

「え？　あ……あはは……。な、なんでもないわ。その……こ、こっちの話だから。それより聡子……なにか私に用事でもあるの？」

顔が赤くなっていくのを感じながら、誤魔化すようにメイドに尋ねた。

これに対して聡子は最初不審げに「んん？」と首を傾げていたものの、やがて考えても仕方がないと判断したのか「少しお嬢様に伺いたいことがありまして」と、ここを訪れた本題について切り出してきた。

「伺いたい？　なにを？」

「その……今回の婚約についてです。この話、一応まだ片桐家に返事は出していないので保留ということになっていますが、正直なところ受け入れる気はありますか？」

「…………………」

問いかけに対してすぐに答えることができない。

実際のところどうなのだろうか？

この話を受けるべきか否か？

まぁ確かに家のことを考えれば受け入れるべきだとは思う。なにしろ相手は縁戚とはいえあの片桐家の人間だ。斑鳩家としても片桐家と縁ができるのは歓迎すべきである。まだ家の経営などに携わっているわけではないけれど、それくらいのことは咲耶にだってわかっていた。

だから斑鳩家の長女としてはこの婚約、賛成である。

ただ、家の人間としてではなく、一人の人間として考えた場合はどうなのだろうか？

(それでも普通に考えたら良縁よね……)

家柄がよくて顔立ちもいい——性格などは不明だけれど、正直それだけで花丸をあげてもいいくらいだ。いくら斑鳩家のお嬢様とはいえ、今回のものを超える縁談が今後あるとは考えがたい。

しかし、それでも——

(なんでよ。どうして智也の影がちらつくのよ!?)

結婚してもいいかなぁ？　とか考えると、どうしても智也の姿が脳裏に浮かび上がってきてしまう。

(私の縁談とあいつにはなんの関係もないのに！)

首を左右に振り、幼なじみの影を振り払おうとするのだが、できない。

(ああもう！)

そんな自分に腹が立った。

だから──

「う……受け入れるわ！　受け入れるに決まってるでしょ!!」

無理矢理言いきる。そうすることですべてを吹っきろうとするように……。

だというのに、どうしてだろう？　やっぱりズキッと胸が痛んだ。

「……なるほど。よくわかりました……。それにしても本当に似てますねお二人は」

似てる？　一体どういうことだろう？　二人って誰のことを言っているのだろう？

＊

翌日、教室にて──

「お前らどうかしたのか？」

智也が次の授業の準備をしていると、良樹がそんなことを尋ねてきた。

「どうかしたってなにが？」

「なにがって……お前と斑鳩さんだよ。マジ喧嘩でもしたのか？」

「なんだよマジ喧嘩って？」

「普段のいちゃつきとは違うガチな喧嘩のことだよ」

「……別に普段からいちゃついてなんかいないぞ」

「はいはい……。で、そんなことは置いといて、マジでなにかあったのかよ？」

本気で良樹は心配してくる。

「なにかって……別になにもね―よ」

「そうは思えないぞ。お前ら二人が朝から一度も喧嘩もせず静かにしてるなんて、マジで喧嘩してるとしか思えない！」

「……なんかその言い方、凄く矛盾してないか？」

確かに今日はまだ言い合いもしていないけれど……。

「矛盾とかどうでもいい。で、どうなんだよ実際？　ホントなにがあった？」

「なにがって……」

言い合いもしていない理由は単純だ。

気まずいから――というよりもつらいからである。

咲耶を見ているとどうしても結婚のことが頭の中にちらついてしまうから……。

本当にどうすれば止められるだろうか？

良樹に相談するか？

（いや、駄目だ。なんかそれ……情けないし……）

「別に……なんでもないよ」

だからそう答えてお茶を濁す以外に取れる手はなかった。

＊

「木瀬くんと喧嘩したの？」

「してないわよ……」

智也が良樹に追及されている頃、見事に咲耶も茜に捕まっていた。

「ホントに？　なんか二人の間に流れる空気が今までと違うから……喧嘩してるようにしか見えないんだけど……。それとも、もしかして告白でもされたとか？」

「は……はぁ？　んなわけないでしょ!!」

そこは思いっきり否定する。

「ありゃ、外れか。う～ん、だったらなに？　なにがあったのよ？」

「なにって……」

昨日あったことといえば、もちろん婚約決定だ。

けれども、そうそう簡単に答えられることではない。

「……な、なんでもないわよ」

親友に嘘をつくのはちょっと気兼ねしたけれど、そうしてお茶を濁すことしか咲耶にはできなかった。

＊

智也と咲耶が二人揃って聡子の部屋に呼び出されたのは、その日の晩のことである。結局今日一日学校では一度も口をきいていない。やはり気まずい。あまり今は一緒にいたくなかった。

「あの……話ってなんですか？　その……宿題やらなくちゃいけないから、手短にお願いしたいんですけど」

この場から早く立ち去るため、目の前の聡子に訴える。

「あ……その……私もそうしてもらえると助かるわ」

するとやはり同じような感情を抱いているだろう咲耶もこれに同意してくれた。

二人でジッと聡子を見つめる。

この視線を美人メイドはまっすぐ受け止めると共に、フッと口元に笑みを浮かべてみせてきた。

「申し訳ありませんが、手短というわけにはいきません。お嬢様の婚約が決まった以上、二人には結婚までにしてもらわなければならないことがありますから」

「「――は？」」

二人同時に首を傾げる。

結婚が決まったからやらなければならないこと？

「それってなんですか？　というか……結婚するのは咲耶であって俺じゃないでしょ？　なのに〝二人〟なんですか？　俺には関係ないはずじゃ……」

しかし、聡子は首を横に振る。

「申し訳ないけど、智也くんには付き合ってもらいます。これからお嬢様にしていただくべきことには、智也くんの協力が必要不可欠ですから」

「俺の協力？」

一体なんだろうか？

「なによそれ？　私になにをさせるつもりなの？」

咲耶も見当がつかないらしく、はてなっと首を傾げる。

「簡単なことですよ」

この問いに対して聡子は——

「もちろん花嫁修業です」

ニッコリと花のような笑みを浮かべてそう答えた。

ツン2 どうして花嫁修業しなきゃいけないの！

「花嫁修業？」

やっぱり二人揃って問い返す。

「はいそうです」

笑顔のまま聡子は頷く、どうやら聞き間違いではないらしい。

「ちょっと待ってよ！　なんだって私がそんなことしないといけないわけ？　私は斑鳩咲耶よ！」

「はい。それは存じておりますが。それがなにか？」

聡子が首を傾げる。

気持ちは智也も一緒だった。

「聡子さんに名乗ったってしょうがないだろ。なにが言いたいんだ？　ちょっと意味

「まぁそういうわけよ」

　フフ～ンとお嬢様は胸を張った。身に着けているワンピースの胸元が、今にも引きちぎれそうな程に強調される。覗き見える胸の谷間に、思わずゴクリッと喉を鳴らしつつ、なるほどっと智也は納得した。

「……つまりこういうことですか？　お嬢様は斑鳩家の次期当主であり、嫁として嫁ぐのではなく、婿を取る立場。故に自分が入り婿のために修業をする必要などないと」

「私が言いたいこと……わかった？」

　そして、先にティンと来たのは聡子の方だった。

「ああ……なるほど」

　う～むと智也は考えこむものの、答えを思いつくことができない。

　どういうことだろうか？　一体咲耶はなにが言いたいんだ？

　ちょっと考えればわかる？

「どうって……ちょっと考えればわかるでしょ？」

「なっ！　どど、どういう意味だよ！」

「意味がわからないって……はぁあああ～。これだから智也は駄目なのよね～」

がわからないぞ」

確かにプライドが高い咲耶なら考えつきそうなことである。

ただ、でもなんかちょっと悔しいぞ。自分よりも聡子さんの方が先に咲耶の考えに気付くなんて……。咲耶のことは自分が一番でないといけないのに……。

「こういうことは智也が先に気付くべきでしょ」

「ぐううう……」

咲耶にも言われてしまった。

さすがにこれは言い返せない。

「反省してなさい。で、そういうわけだから聡子。私は花嫁修業なんかしないわよ」

「駄目です」

一言のもとに切って捨てられた。

「え？　な……なんでよ！　理由は話したでしょ!?」

「はい。お嬢様が言いたいことは理解しました。ですが、花嫁修業はしていただきます」

「ど……どど……どうしてよ！　なんで私が婿なんかのために頑張らないとならないわけ!?」

納得できないといった様子でお嬢様はメイドに詰め寄る。

「それはもちろん、お嬢様が斑鳩の人間だからです」

「はぁ？」

咲耶が斑鳩の人間だから？

一体どういうことだろう？　聡子はなにを言いたいのだろうか？

智也は咲耶と同時に小首を傾げる。

「いいですか、斑鳩の人間はいついかなる時、どんな場所においても恥ずべきことがないように生きていかなければなりません。それはたとえ夫の前であったとしてもです。相手が婿であるとかは関係ありません。斑鳩の娘として、立派な妻となる。それも咲耶様に必要なことなのです。この意味――〝聡明〟な咲耶様ならば理解できますね？」

敢えて聡子は聡明という部分を強調しているように見えた。

そして見事、咲耶は〝聡明〟という言葉が出た途端、ピクリッと眉根を反応させる。

「……え、ええ……。まぁ、確かに……聡子が言いたいこと……理解はできるわね」

実に単純な奴だ。

ククッと思わず智也は笑ってしまった。

「なによっ！」

ギランッと睨みつけられる。

「べっつに〜」

手を頭の後ろで組み、わざとらしく口笛なんか吹きながら誤魔化してみる。

「むむむむ～」

悔しがる咲耶。

その姿に智也は心が弾むのを感じた。

今日は一日中気まずかったけれど、それがちょっとしたやり取りのおかげで一瞬で消え去った気がしたから……。

ただ、機嫌よくなりつつも、話の中心が咲耶の花嫁修業だと考えるとなんだか複雑だった。それに疑問も抱いてしまう。

「あの……ちょっといいですか聡子さん」

「なに？」

「咲耶を呼び出した件は理解できましたけど……なんで俺まで呼んだんです？　咲耶の花嫁修業に俺は関係ない気がするんですけど……」

正直目の前で花嫁修業云々《うんぬん》なんて話はされたくない。

なのに、どうして聡子はこの場に自分まで呼んだのだろうか？

「関係ないことなんかないわよ。これは智也くんにも関係がある話なんだから」

「俺にも関係が？」

「どうしてよ？　私の花嫁修業でしょ？」

言葉の意味がよく理解できない。

「どうしてってちょっと考えればわかることではないですか」

「ちょっと考えればわかると言われても……」

思わず智也は咲耶を見つめる。咲耶もこちらを見つめてきた。

視線で「わかったか？」と尋ねる。向こうも「あんたわかった？」と視線で聞いてきた。

もちろん答えは思い浮かんでいないので首を横に振る。それは咲耶も同様だった。

「わかりませんけど」

「わかんないんだけど」

結局二人で降参する。

「ふふ……。ホント二人は仲良しですね」

「仲良しなんかじゃありません」

「仲良しじゃないわよ」

ああ、また！

「ちょっと！　私に合わせて話さないでよね！」

「それはこっちの台詞だっての！」

また不毛な言い争いが始まりそうになってしまう。

「はいはい。今はそれどころじゃないでしょ？　答えを教えますから」

が、それを聡子が止めてくれた。

ここに自分まで呼んだ理由——それは一体なんなのだろうか？

それが気になるのでとりあえず言い争いを止める。咲耶も同様らしく、興味深そうな視線をメイドへと向けた。

「まず答えの前に質問です。花嫁修業とはなんのため——いえ、誰のためにするものですか？」

「誰って……そりゃ……お……夫のため？」

「正解です！　夫のために立派な妻になるための修業、それが花嫁修業です。ですので、しっかりとした成果を出すためには、花嫁一人ではできないのです。相手がいて、相手が自分の行動でなにをどう感じているのかも知らねばならないのです」

なるほど。確かに理屈は通っているような気がする。

いや、しかし、だとすると聡子が言いたいこととは——

「「まさか」」

二人同時に答えに辿り着く。

「わかってくれたようですね。つまりそういうことです。智也くんにはお嬢様の花婿役をやっていただきます」

「「んなっ!!」」

二人揃って絶句してしまう。

花婿？　自分が咲耶の？

ギギギイッと音がしそうなくらい硬い動きで、幼なじみを見つめる。咲耶も同様にこちらを見つめていた。

「これからしばらくの間はお嬢様と執事ではなく、二人には疑似夫婦として生活していただきます」

疑似夫婦――つまり自分は咲耶の夫であり、咲耶が自分の妻？

「「ななな……なんでこんな奴と!!」」

また揃ってしまう声。

この様を見て「夫婦として息はピッタリですね」と聡子は笑った。

「い、息ピッタリって！　や、止めて下さいよ聡子さん！　俺は咲耶の夫役なんてまっぴらごめんですよ！」

「それはこっちの台詞よ！　私が智也の妻って……それなんの冗談よ！　いやよ！　そんなの私絶対イヤだからね！」

聡子の提案を拒絶する。

が――

「駄目です」

斑鳩家の優秀なメイドは厳しかった。

「だ……駄目ってなんでよ？」

「なんでって……いいですかお嬢様。これは斑鳩家のために行うことなのですよ。貴女が立派な花嫁にならないと、恥をかくのは斑鳩家なのです。引いては旦那様や奥様の教育問題ということになりかねませんよ」

「うぐっ！　そ……それは……」

はっきり言って咲耶はわがままお嬢様である。とはいえ、自分が斑鳩家の跡継ぎであるということに対するプライドは大きい。

「どうなのですか？　お二人に恥をかかせるおつもりなのですか？」

苦悩する咲耶を聡子はより責め立てる。

結果――

「わ……わかったわよ。斑鳩のためよ……や……やってやろうじゃないの!!」

見事咲耶は陥落した。

「さて……次は……」

ギランッとした視線が智也へと向けられる。

「な……そ……そんな目で見たって無駄ですよ！　俺は……俺は絶対イヤですから

ね！　咲耶と疑似夫婦なんて……ぜ、絶対にごめんです！」

　プイッと聡子から顔をそむけつつ、腕を組んでそう告げる。

「……絶対にごめん……か。なるほど……でも、いいの？　この役割を放棄するということは、お嬢様には別の相手を用意しなければならないことになるんだけど……」

　すると聡子はこちらの耳元に唇を寄せると、咲耶には聞こえないくらいの声でボソッとそう告げてきた。

「べ……別の相手？　どど……どういうことですかそれは？」

「ちょっと考えればわかるでしょ？　智也くんが参加せずともお嬢様は花嫁修業をしなければならない。そしてそのためには相手が必要なの」

「うぐっ……そ、それは……」

「いいの？　お嬢様が自分以外の相手とイチャイチャしても」

「咲耶が……い、イチャイチャ？」

　反射的に咲耶が男――今回の場合片桐春馬の姿が脳裏に浮かんだ――と、自分の前でべたべたする姿を想像してしまう。

『はいアナタ……あ〜ん』

『ああ、ありがとう咲耶』

『あらアナタ、ほっぺにご飯粒がついているわ』

『あ、ホントだ』

『ちょっと待っててね♪』

そう言って微笑むと咲耶はゆっくりと男の頬に唇を寄せ、ペロッとご飯粒を自分の舌で舐め取った。

そこまで考えた瞬間、ズキンッと胸が痛む。

（あれ？　なんだこれ？　どういうことだ？）

なぜ胸が痛むのか？

その理由はさっぱりわからない。

けれど、咲耶が男とべたべたしている姿というのが、想像だけでもなんだかつらかった。

「ほら……考えるだけでもつらいでしょ？　お嬢様が自分以外の男とイチャつくなんて耐えられないでしょ？」

追い打ちをかけるような言葉が向けられる。

確かに、これはきつい。聡子が言うとおりだ。

でも——

「は、はんっ！　べ……べべべ……別に！　ど～も思いませんよ！　その……咲耶が誰とい……イチャ……イチャつこうが俺にはかかか……関係ないことですから」

どうしてか素直な言葉を口にできない。咲耶との付き合いが長すぎるせいか、どうしても自分の気持ちをはっきり伝えるのが恥ずかしかった。

この答えに、

「……う〜む、裏目に出たか……」

などということを聡子は呟く。

「裏目？　えっと……どういうことですか？」

「え？　ああ……なんでもない。なんでもないわ……。えっと……それなら……あ、そうそう。そうだ！」

なにかを思いついたようにポンッと聡子は手を叩く。

「えっとね、これはその……主命よ」

「主命？」

「そうよ。いい。私たちは斑鳩家に仕えている使用人なの。これはわかるわね？」

「それはもちろん」

それは口が酸っぱくなるくらい、父や母から厳命されている。ちなみに現在父と母は海外出張中である咲耶の母に付き添っているため不在だ。

「だったら、今回の話を受け入れなさい。これは主命なのだから」

「え？　あ……いや……でもなんか、さっきは俺の感情に訴えかけてきたような……」

「それはその……あ……あれよあれ！　ほら、命令って言われるより、自分の意思で決めさせてあげたいなぁって思ったからよ。私のその……お……親心的な？」

しどろもどろで、普段はしっかりしている聡子とは思えない程、言い訳じみた言い方である。

ただ、それでも――

（め……命令なら仕方ないかな……）

とか考えてしまう自分がいた。

だってほら、まだ学生とはいえ自分は物心ついた頃から長年斑鳩家に仕えてきているプロの使用人だ。

（だからその……やりたくなくてもやるしかないんだよな。そう、そうだよ。これは仕事なんだからしなくちゃいけない……）

主家の命令には絶対に服従しなければならない。

「で、どうする？　主命なんだけど、断る？」

「あ……いや……。その……わかりましたよ。命令だったら仕方ないです。仕事だったら全力でやらないと」

ということになった。

「そう……。ならよかった」

ホッと聡子は一度息を吐くと、すぐに再び表情をきりりと引き締め、

「では、二人とも引き受けてくれましたので、ただいまよりお嬢様の花嫁修業を開始させていただきます」

そう宣言した。

けれども問題がある。

「花嫁修業……それはわかったけど……具体的にはどういうことをすればいいの？」

というものだ。

「ああ、それなら大丈夫です。なにをすべきかは私が考えておきましたから」

咲耶の疑問に聡子は一冊のノートを取り出す。表紙には『お嬢様のデレデレ花嫁修業テキスト』と書かれていた。

で……デレデレって……。

なんか嫌な予感しかしないぞ。

「あ、そ……そう。で、ま……まずはなにをすればいいの？」

咲耶も同様のことを考えているらしく、ちょっと表情が引き攣っている。

そしてこの嫌な予感を裏付けるかの如く聡子は満面の笑みを浮かべると――

「簡単なことですよ。というワケで、まず最初はお二人にキスをしていただきます」

そう告げてきた。

「――ふぇ!?」

今……今聡子はなんと言っただろうか?

キス?　キスと言ったのか?

キスって……咲耶とキス?

(いや……いやいやいや……あああ……あり得ない。こんなわがままお嬢様とキスなんてあり得ないだろ!　え!?　というか花嫁修業ってそういうこともするものなの?)

そんな話聞いたことない。

「え?　き……キス?　は?　えっと……私の聞き間違い?」

同様の疑問を咲耶も抱いたらしく聞き返す。

「いいえ、聞き間違いではありません。二人にはキスをしてもらいます」

「は?　き……キスしてもらうって……。花嫁修業ってそんなことまでしなくちゃいけないわけ?　その……花嫁修業って……えっと、料理の練習とか、洗濯の仕方とか……そういうことを学ぶことなんじゃないの?」

幼なじみの問いももっともだ。

智也だって花嫁修業って聞いて浮かんでくるイメージはそういうものである。

「確かに……お嬢様が言うとおり花嫁修業とは一般的にはそういうものでしょうね。

ですが、それはあくまでも一般的――ごく普通の家庭での話です」

「私は一般的じゃないって言うの？」

この問いに聡子は「その通りです」とはっきり頷いた。

「いいですか、お嬢様は斑鳩家の次期当主なのですよ。貴女には一般的な家庭のお嫁さん以上に、完璧な花嫁になっていただかねばならないのです。そのためにはごく普通の家事以外も完璧にこなせるようにならなければならないのです」

わかるようなわからないような言い回しである。

「で、でもそれとキスになんの関係があるんですか？」

「そうよ！　智也の言うとおりだわ！」

「もちろん関係ありますよ」

聡子は揺るがない。

「いいですか。いい妻というものは、どのような行為に関しても自身の夫を喜ばせる術を持っていなければなりません。当然キスに関してもです。よい妻となるために、結婚までに心地いいキスをお嬢様は覚えなければならないのです」

実に真面目な表情でそう告げてくる。

そんな顔で言われると、なんだかそれもそうなのかなぁと思えてくるから不思議だ。

ただ、だからといって――

「そういうわけですからお嬢様、そして智也くん！　今ここでキスして下さい」

ハイそうですかと簡単に頷ける話ではない。

（キス？　さ……咲耶と!?）

思わず幼なじみの唇を見つめてしまう。すると彼女の方も同様にこちらの唇を見つめていた。

互いに口唇に視線を向けたまま硬直してしまう。

（咲耶の唇……ピンク色で艶々してる……）

しっとりと湿っている唇。部屋の明かりを反射して輝いているように見えた。今まで意識して見たことなんかなかったけれど、改めてこうやって見てみると凄く柔らかそうである。

こんな唇に自分の唇を重ねる――なんだか凄く気持ちよさそうに思えた。

（いやいやいやいや……。待てって。気持ちよさそうって正気か？　相手は咲耶！　あの咲耶なんだぞ！　こんなわがまま娘とキスって……。あ、あり得ないだろ。俺の好みはもっとおとなしくて、知的な大人の女の人だぞ。そう、例えば聡子さんみたいな）

口うるさくてやかましく、わがままで、身体付き自体はとても豊満だけれど身長は子供みたいな咲耶なんて、自分の好みとはまるで違う。そんな咲耶が自分のファーストキスの相手なんて、おかしいだろ絶対！

とは思うものの、唇から視線を外すことができない。

見つめているだけでなんだか喉が渇き、ゴクリッと喉を鳴らしてしまった。この音が咲耶や聡子に聞こえているのではないか？　などという心配さえしてしまう。それくらい、部屋の中には静寂が広がっていた。

「どうしたんですか二人とも？　さぁ、早くキスして下さい」

その静寂を聡子が破る。

「は……早くって……そんなこと言われても……」

いきなりキスしろなんて言われてできるものではない。

「む……無理よ！　こんな……智也なんかとキスなんてできるわけないでしょ！」

ビシッとこちらを指差しながら、咲耶はメイドに対して抗議の声を上げた。

この言葉にカチーンと来てしまう。

「なな……〝なんか〟とはなんだよ〝なんか〟とは！　俺だって咲耶みたいなわがままでやかましい自分勝手お嬢様とキスするなんてごめんだぞ！」

「なっ！　わ……わがままでや……ややや……やかましいですってぇええ！　聞き捨てならないわよ！」

「聞き捨てならないって……事実じゃないか」

「な……なんですってぇええええ！」

キイイイイッと顔を赤く染める咲耶とまっすぐに睨み合う。

「はいはい！　夫婦喧嘩はそこまでにして下さい」

「「夫婦じゃない!!」」

同時に否定し――

「ま……真似しないでよね！」

「そっちこそ!!」

火花を散らす。

「……はぁ。もう二人ともいい加減にして下さい。そんなんじゃいつまで経っても話が前に進みません。さぁ、もう夜も更けてきましたし、明日もあります。ですから早く終わらせてしまいましょう。それとも……やはり止めますか？」

挑戦するような視線で智也と咲耶を交互に見つめてくる。

「「う……。その……」」

向けられる視線から感じる圧力によって、タジタジッと幼なじみお嬢様と共に後退る。

「斑鳩家に恥をかかせてもいいと？」

「そ……それは……」

口籠もる咲耶。

「主命にそむくのですか？」

「いや……あの……」

智也だって俯くことになってしまう。

「さぁ、どうするんですか？」

かけられるプレッシャーは想像以上に大きい。逃れることはできそうになかった。

「わ……わかりました」

「うう……。や、やればいいんでしょ……。やれば……」

ついに二人同時に屈服する。

というワケで、結局キスをすることになってしまった。

「……これはその……あ、あくまでもその……は、花嫁修業の一環としてするだけなんだからね！　わ、私のファーストキスをもらえたからってち……調子に乗るんじゃないわよ。絶対だからね！」

向かい合って立つと、早速牽制するような言葉を咲耶が向けてくる。

（ファーストキスって……や、やっぱり咲耶も初めてなんだ……）

ただ、挑発的な言葉ではあるけれど、少しだけ嬉しさのようなものを感じた。

「ちょ、調子になんか乗らないっての！　別に咲耶のファーストキスなんかそのほ……欲しくねーし。仕事でなくちゃ咲耶とキスなんかしたくないっての！」

だけど、どうしてまたこんな言葉を……。

「な、なんですってぇええ！」

ああ、やっぱりまた喧嘩になってしまう。

「はいストップ！　また延々言い争いのループになっちゃいますから、ちゃっちゃと始めて下さい」

ギリギリのところで聡子が止めてくれた。

「……えっと……まぁ聡子が言うことももっともだし、さ、さっさと終わらせるわよ」

「あ……ああ……。そうだな」

ひたすら言い争いをするのも不毛なだけである。

なので一度心を落ち着けると、静かに咲耶と見つめ合った。

改めて咲耶の顔立ちを確認する。

（……性格はあれだけど……か、顔つきだけはいいよな……ホント……）

金色の髪に碧い翡翠のような瞳。そして艶やかな唇――はっきり言うけれど可愛い。

道端にこんな顔立ちの少女が立っていたら、思わず足を止めて見惚れてしまうことは間違いないだろう。

などと改めて咲耶のことをマジマジと観察してしまったせいなのか、ドクドクと胸が激しく鼓動するのを智也は感じた。

なんだか喉が渇く。

(なんかこれ……緊張してるみたいじゃないか……。あ、相手は咲耶だぞ。それにこれはその……あ、あくまでも仕事の一環ってだけなのに、な……なに意識してんだよ！　馬鹿！　俺の馬鹿！　バカバカバカ！　ほら、さっさと終わらせろ！)

キスなど簡単なことではないか。唇を近づけて重ねる。ただそれだけの行為でしかないのだから……。

そう自分自身に言い聞かせつつ、一歩踏み出し咲耶に近づく。

すると咲耶はビクッとほんの少しだけれど身体を震わせた。しかし、それは一瞬だけでしかなく、幼なじみはわずかに逡巡するような表情を浮かべた後、ソッと瞳を閉じた。

(なっ！　なに目を閉じてんだよ！　こ、これじゃあまるでキスするみたいじゃないか……って、き、キスするんだよな)

その事実を改めて突きつけるように、ただ瞳を閉じただけではなく咲耶はツイッとキスしやすいようにするためか顔をわずかに上向きにしてきた。

身体を硬くしながら、目を閉じ、唇を突き出す幼なじみ——なんだかとても美しく見えた。いつも見慣れているはずの顔なのに、どうしてだろうか？　一瞬だけれど見惚れてしまう。

「は……早くしなさいよね！　なにぐずぐずしてるのよ！」

が、やはり咲耶は咲耶だった。

目を閉じたままではあるけれど、いつも通り強気な言葉を向けてくる。

「い……言われなくたって……。や、やってやるよ！」

相変わらず人を挑発するような言葉遣いである。けれども、おかげで普段の自分を取り戻すことができた。

（キスくらい……か、簡単だろ！）

そう自分に言い聞かせながら、ソッと智也は咲耶へと顔を寄せ——

「んっ」

「んんんんっ」

チュッとキスをした。

唇に柔らかな口唇の感触が伝わってくる。ほんの少し触れただけでしかないけれど、唇の感触を唇で感じているとそれだけで、切なくも温かななにかが胸の中に広がってくるのを感じた。

このままずっと唇を重ねていたいと思えるような感覚を覚える。

しかし——

「こ、これでいいですか？」

「これで……い、いいのよね!?」

口付けの時間は本当に一瞬でしかない。すぐに口唇を離すと、二人は同時に聡子を見つめた。

「……………………」

これに対してメイドは腕を組みながらスウゥッと息を吸うと、

「駄目です」

と、まるで予想してなかった言葉を向けてくる。

「へ？　だ……駄目？　な、なんでよ？」

「どうしてですか？　だって今……き……きき……キス……しましたよ」

ちょっとキスという単語を口に出すのが恥ずかしい。

「確かにお二人はキスしました。ですが、それはキスにしてキスにあらず！　結婚した夫婦のキスですよ。もっと濃厚なものでなければ駄目です」

「「の……濃厚？」」

それは一体どういうことだろうか？

まるで見当がつかないので、思わず智也は咲耶を見つめる。

しかし、咲耶も同様に濃厚なキスというものを理解していないらしく「そんな目で見られたってわかんないわよ！」とでもいうように、首を左右に振った。

「えっと……濃厚なキスってどういうことですか？」

「どうって……もちろん。舌を挿しこむキスです」

「し……舌って……え……ま……マジですか？」

「本気で言ってるの？」

「もちろんマジですよ。斑鳩のためです。できますよね？」

そして再び、智也は咲耶の正面に立った。

（舌を挿しこむって……ほ……ホントに？）

再び咲耶の唇を見つめて立ち尽くしてしまう。正直なことを言うと、一度目のキス以上に智也は緊張してしまっていた。

全身に針金でも通されたかのように身体が硬くなってしまう。

そんな智也の前で、やはり緊張した表情を浮かべた咲耶は「こうなったらやるしかないんだから。あ、あんたも覚悟を決めなさいよね！」などということを口にすると、再び瞳を閉じ、唇を突き出してきた。

（キス？　舌を挿しこむキス？　さ……咲耶に？）

緊張は解けない。

まるで金縛りにでも遭ったみたいに、瞳を閉じた咲耶を前に智也の身体は硬直してしまっていた。

売り言葉に買い言葉で引き受けてしまったけれど、やはりこれはまずいのではないだろうか？　などということまで考えてしまう。

なんというか、情けないけれどできればこの場から逃げ出したいくらいに智也は緊張してしまっていた。

ただ、同時に咲耶の唇を見つめていると、口付けしたいという欲求もムラムラとわき上がってくる。

（ど……どうすればいいんだよ俺？）

非常に頭の中は混乱してしまっていた。

「どうしたの？　早くキスしなさい」

聡子が行為を促してくる。

（そ……そう言われても……）

身体が動かないのだ。

すると――

「さ……さっさとしなさいよね！　いつまで私は目を閉じてればいいのよ！　まさかとは思うけど智也……あんたび、びびってるわけ？」

そんな智也を咲耶が挑発してきた。

「たかがキスくらいで動けなくなるくらい緊張してるの？　は……は～あ、なっさけないわねぇ」

目を閉じたまま人を小馬鹿にするように笑う。

この言葉に――

「き、緊張？　べべ……別にしてね～し！　その……ちょっと息を整えてただけだよ！　咲耶こそ緊張してるんじゃないのか？」

なんだか身体の硬さが取れていくのを感じた。

「緊張？　私が？　す……するわけないでしょ！　これはその……い、家の……斑鳩のためなんだから！　たかがキスの一つや二つ……簡単よ簡単！」

「そうか……。なら……い……いくからな！」

「え……ええ。き……来なさいよね！」

まるで幼なじみに促されるように智也は一歩足を踏み出すと、唇に唇を近づけ――

「んっちゅ」

「んふっ」

またキスをした。

ただし、今回はこれで終わりではない。

（舌……し、舌を入れるんだよな？　えっと……こ、こうか？）

まともにキスをしたことなどないので、ディープキスのやり方などわからない。けれども本能のままにギュッと咲耶の身体を抱き締め、引き寄せることで、唇をより強く口唇に押し当てた。

「んふううっ」

抱き締められたことに一瞬咲耶は身体を硬くする。しかし、それは本当にわずかの間のことであり、気がつくと彼女の方もこちらの身体を強く抱き締めてきた。

そんな状態で智也は舌を伸ばすと、引き結ばれた咲耶の口唇を押し開くように中に舌先を挿しこんでいった。

「んっふ……むふううっ」

これに少し躊躇しつつも応えるように、咲耶も舌を伸ばしてくる。

「んっちゅ……はちゅううっ」

咲耶の口内で舌と舌が触れ合った。

（凄い……。咲耶の口の中……あったかい……）

ヌルヌルとした感触が伝わってくる。幼なじみの口の中は、生温かくてなんだかねっとりとしていた。頭がフワフワするような心地よさを感じる。正直舌を挿しこんだ後なにをすればいいのかはわからなかったけれど、本能のままに智也は舌を蠢かせた。

「むっちゅ……ふじゅっ！　んっんっ……んちゅううう……」

するとこの動きに応えるように、咲耶も舌を動かしてくる。自然と舌と舌が絡み合い、ぐちゅっ……ぬちゅううっといったイヤらしく、淫靡な音色が響き始めた。

粘膜同士が擦れ合い、混ざり合う。

（これが……き、キス？　なんかこれ……気持ちいい……）

繋がっているのは唇と唇だけでしかない。だというのに、まるで身体が一つに溶け合っているかのようにさえ感じた。

気持ちいい。もっとこの心地よさを感じたい――自然と本能が膨れ上がり、より奥まで舌を挿しこんでいく。

「んちゅるっ！　ちゅっぷ……んれろっ……むっふ……。んふううう」

これに咲耶も応えるように舌を動かしてくれた。

絡み合う舌と舌の動きが激しさを増していく。同時にこの動きに比例するように、互いを抱き締める手にも力が籠もっていった。

これまで以上に咲耶の体温や身体の柔らかさが伝わってくる。グニュッと胸板に押しつけられ、形を変える乳房の感触に、なんだか背中にゾクゾクとしたものが走るのを感じた。同時に身体が熱くなっていく。特に下半身がズキズキと疼くのを感じた。

「ちゅぶるっ……むっふ……あむうっ！　んっちゅ……。ちゅっちゅっちゅぅうう」

口と口の間から響く水音を聞いていると、より興奮が高まっていく。ズボンの下で肉棒が硬くたぎっていくのを智也は感じた。

「はい……。そこまで」

するとまるでこちらの反応を読んだかのようなタイミングで聡子の声が向けられる。

「「あっ！」」

この声が、一瞬で智也たちを現実に引き戻した。

二人同時にビクリッと身体を震わせると、重ねていた唇を離す。ツツウッと口唇と口唇の間に唾液が伸びる。それがなんだかとても艶めかしかった。

無意識のうちに自分の指で自分の唇に触れ、そのまま立ち尽くす。

「……どうでしたか初めてのキスは？」

再び聡子が声をかけてきた。

「ど……どうってその……。あ……べ、別に……。その……えっと……」

問いかけに対してなんと答えればいいかわからず、言葉につまってしまう。

それは咲耶も同様のようで「あ……えっと……」と呟きながらモジモジしていた。

「ふふ、どうやら初めてのキス……思った以上に気持ちよかったみたいですね」

聡子はこの反応にニッコリと笑みを浮かべる。

「き……気持ちいい？　そ……そそ、そんなわけないじゃない！」

これに対し、声を上げたのは咲耶だった。

幼なじみは顔を真っ赤にしながら、

「な……ないから！　きき……気持ちいいとか。キスよキス。ただ唇を重ねるだけで気持ちよくなるなんてあり得ないから！」

メイドの言葉を否定する。

「そ……そうですよ！　キスなんかで……しかも相手が咲耶で気持ちよくなるとか、ぜ、絶対ないですから！」

幼なじみの言葉に智也も乗った。

「ホントに？」

「ホントですよ！　あり得ないですって！　咲耶ですよ咲耶！」

敢えて咲耶の名を強調してみせる。

「カッチ〜ン！　な……ななな、なによその言い方！　その台詞……そっくりリボンをつけてあんたに返してやるんだから！」

が、おかげで咲耶を怒らせる結果になってしまう。

またいつものように喧嘩することになってしまった。

「はぁあああ……」

この様子に、深々と聡子がため息をつく。

＊

その晩――

（咲耶の奴め〜！）

散々言い争いをした後一人部屋に戻った智也は、幼なじみに対する苛立ちを抱えたまま、ベッドに飛びこんだ。

（なんだって咲耶はいつもいつも挑戦的なんだ！　偉そうで！　わがままで！）

いつかギャフンと言わせてやりたい。

（だけど……）

が、苛立ちは長くは続かなかった。

（キス……したんだよな俺……。咲耶と……あの咲耶とキスを……）

代わりに脳内に浮かんできたのは、咲耶と交わした口付けの記憶である。

（凄く……柔らかかったな……）

思い出すのは唇の柔らかな感触。

ドキッドキッと胸が高鳴るのを感じた。

自然下腹部が熱くなっていく。

（馬鹿！　な、なに考えてんだよ！　あ、相手は咲耶だぞ！　あの咲耶だ！　へ……

変なこと考えるな。考えちゃ駄目だ！）

ペニスが勃起していく。これを抑えようと自分自身に言い聞かすのだけれど——

（だけど……でも、あの時の咲耶……か、可愛かったな……）

瞳を閉じた咲耶の姿をどうしても思い出してしまう。

このためなのか、肉棒はより硬く、熱くたぎっていった。最早自分の意思ではどうしようもないくらいに……。

（ああ、くっそぉ……）

咲耶のことを考えてこんなになってしまうなんて、正直言うとかなり悔しい。とはいえ、こうなってしまった以上もう鎮める手段は一つしかなかった。

（あ……明日も早いから。早く寝ないといけないから……だからその……し、仕方なくやるだけなんだからな！）

などと誰にともなく言い訳しながら、自分の股間へと智也は手を伸ばす。

＊

（智也の奴ぅう！）

幼なじみに対する苛立ちを抱えながら、咲耶は天蓋付きベッドに飛びこんだ。

（あいつ……。ホント言いたい放題言ってくれたわね！　私が主だってことわかってるのかしら？　ホント不敬な奴！）

イライライライラ——苛立ちが募っていく。

（でも……私……智也とキス……しちゃったのよね）

けれども苛立ちが爆発するよりも先に、咲耶はしてしまったことを思い出してしまう。思い出すのは温かく、柔らかな唇の感触。

思わず咲耶は指で自分の口唇に触れた。

ここに幼なじみの唇が重なっていた。それだけじゃなく、舌まで絡め合わせた——あれは夢だったのではないかとさえ思える。

けれど現実だ。

だって、あの感触を忘れることができないから……。

ドクッドクッドクッ——キスを思い出すと同時に、心臓が高鳴っていく。それと共に全身が熱く火照り始めるのを感じた。

「はぁはぁはぁ……」

荒くなっていく息。

それに比例するように下腹部が疼き始める。

（な……なに考えてるのよ馬鹿！　忘れなさい！　忘れるのよ！　あんな……と……智也とのキスなんか忘れなくちゃ駄目よ!!）

慌てて首を左右に振り、キスを忘れようと努める。

しかし、意識すればするほど、よりキスの記憶は鮮明なものに変わっていった。

（忘れなくちゃいけないのに……）

脳裏には幼なじみの姿が思い浮かぶ。

その表情はキスすることを決意した時のものだ。

普段とは違い、引き締まった顔――いつもは意識することができない智也の〝男〟を感じる顔だ。

（駄目……。思い出しちゃ駄目よ！　駄目なのに……）

脳内から智也の姿を振り払うことができない。

ジュンッと切なく秘部が疼いた。

（が……我慢できない……。仕方ないわ……。ホントはこんなことしちゃいけないんだけど……。このままじゃ寝られないし。学校には遅刻できないし……。それに明日の朝は……）

実を言うと明日の朝は早起きするように聡子に言われている。朝から花嫁修業らしい。だからこそ、早く寝なければならなかった。

（……仕方ない。朝からやらなくちゃいけないことがたくさんあるんだから仕方ないじゃない！）

まるで自分に言い訳するように心の中でそう繰り返すと、咲耶は寝間着のズボンとショーツを引き下ろし、薄い陰毛に隠された秘部に手を伸ばした。

「んっふ！」

クチュウッと指先で剝き出しになった秘裂に触れる。

（やだ……。もうこんなに濡れてる……）

指に伝わってきたのは生温かくヌルヌルと絡みつくような湿った汁の感触だった。

（ただキスのこと思い出しただけでこんなになっちゃうなんて……。こ、これも全部智也のせいよ！　バカバカバカ！）

あそこを濡らしてしまう――はっきり言って恥ずかしく、なんだか悪いことをしているような気分になった。だから責任転嫁するように心の中でいつものように幼なじみを罵る。

ただ、罵りつつも――

「んっく……あっ……んっんっんっ……」

智也の姿を脳裏に思い浮かべたまま、咲耶は秘裂を指で擦った。

溢れ出す愛液を指先で絡み取りつつ、ぐっちゅぐっちゅとイヤらしい水音を響かせる。

（凄い音がしてる……。こんなに濡れちゃうなんて……。恥ずかしい。やっぱり……こんなことやっぱり止めなくちゃ駄目よ）

部屋中に卑猥な音色が響く。もし廊下を誰かが通り、この音を聞かれてしまったら？　そう考えると恐ろしさすら覚えてしまう。

なので必死にこれ以上しては駄目だと自分自身に言い聞かせる。

「んく……。あっふ……あっ……んふっ……ふー。ふー。ふー」

しかし、理性でなにを言い聞かせようと、指の動きを止めることはできなかった。

（駄目……。駄目なのにこれ……き、気持ちいい……）

愛液に濡れる花弁を指先で一枚一枚なぞっていく。それほど力はこめていないというのに、少し刺激するだけで全身から力が抜けていきそうな程の脱力感を含んだ性感を咲耶は感じてしまっていた。

秘裂を摩擦し、陰核を指先で転がす。そのたびに感じる性感はより増幅してしまう。感じてしまう快楽──その大きさがさらに指の動きを激しいものへと変えていった。

グチュッグチュッグチュッという音色は、秘部を愛撫すればする程大きくなっていく。ますます愛液が分泌され、膣口からトロトロと零れ落ち始めた。肉汁がシーツに染みこんでいく。

「んんんん！　はっふ……んっんっんんんん」

（止めなくちゃいけないのに……。ああ……だっめ。止められない。気持ちいい。駄目なのに……。こんなの……）

ついにはただ花弁を刺激するだけでなく、空いた手を乳房に添えてしまう自分がいた。寝間着の上からゆっくりと胸を揉む。

大きな胸に指が食いこんでいく。グニッグニッグニッとこねくり回すように柔肉を刺激すると、そのたびに「あっあっあっ」と抑えきれない嬌声が漏れ出てしまった。

『感じる咲耶……。凄く可愛いよ』

脳裏には自分を愛撫する幼なじみの姿が浮かぶ。

(可愛いとか……は、恥ずかしいこと言うんじゃないわよ！　智也にそんなこと言われたって、嬉しくもなんともないんだからぁ！)

『本当に？　だったらどうして？　なんでこんなに咲耶のおま×こ……グショグショに濡れてるの？　どうしてこんなにお汁をダラダラ垂れ流してるの？』

(お汁って……そんな恥ずかしい言い方止めなさいよね！　この馬鹿ぁ！)

妄想の中でもいちいち反発してしまう。

脳内の幼なじみを罵りつつ、乳房と秘部を刺激し続ける。

親指と人差し指で陰核を摘んで包皮を捲ると、まるで男がペニスを扱くようにクリトリスを刺激した。それと共に散々乳房を愛撫したことで勃起した乳首を指先で転がすように愛撫する。

「んひあっ！　あんん！　くっふ……んふううう！　んっんっ……はふぁあああ」

途端に電流でも流されたかのように、ビクビクッと咲耶の全身は震えた。身体中から力が抜けていくような性感が全身を駆け巡っていく。

（だっめ……。これ……止められない。はぁっはぁっはぁっ……き、気持ちよすぎて……止められない。あああ……。このままじゃ私……んっんっんんんんん）

身体の奥底から何かが膨れ上がってくるのを感じる。

（これ以上は……こっれ……以上は本当に駄目よ。止めなくちゃ……止めなくちゃいけないのに！）

『もしかして絶頂《イ》きそうなの咲耶？』

妄想は止まってくれない。

（い……絶頂きそうなんかじゃないわよ！　智也なんかにこんなエッチなことされて……い、絶頂ったりなんかしないいんだからぁ！）

『嘘をついても無駄だって。我慢してるの丸わかりだよ。ほら……こうされるのが気持ちいいでしょ？　こうやっておっぱいとクリトリスを弄られると感じちゃうんでしょ？』

乳房を揉む手により力がこもっていく。クリトリスを扱く指の動きが激しさを増していった。

（違う！　感じないわよ！　こんな……わったしは……こ……こんなことで……か、

感じたり……あっあっ……感じたりなんかしない……。し……ないはずなのに……。んっひ。あああぁ！　だっめ……駄目ぇ！　来る！　これ、ホントに来る！　気持ちいいのが来ちゃう！）

『絶頂きそうなんだね？　いいよ。ほら……見せて。咲耶が絶頂くところを俺に見せてよ』

（なんでよ！　どうしてわったしが……い……いくところを智也になんか見せなくちゃいけないのよ！　いやよ！　ぜ……んんんん！　絶対イヤぁ！　あああ……でも、いや……なのに……ど、どうして？　んっんっんんん！　止められない。こっれ……気持ちいいの止められない。駄目……絶頂く！　ホントに……私……わたしぃいいい！）

指を動かすたびに奏でられるリズミカルなグチュグチュ音がより大きく響く。その音色に比例するように増幅していく性感。最早自分の意思でこの快楽を止めることなど不可能だった。

溢れ出す愛液がベッドシーツに大きな染みを作っていく。

そして――

「んっひ！　あああ！　んっんっ……くふんんんん!!」

（あああ。だっめ！　絶頂く！　絶頂く絶頂く――絶頂くぅうう!!）

ついに性感が爆発した。

乳房をギュウッと握り、強くクリトリスを指で挟みながら、全身を小刻みに痙攣させつつ、ブリッジするように腰を突き上げていく。ジュワアアッと膣口からはこれまで以上に粘り気を帯びた多量の愛液が溢れ出した。

「んっふ……はふぅううう……」

全身が蕩けるような性感が走る。

「はふぁあああああ……」

身体中から力が抜けていくのを感じた。大きく息を吐きつつ脱力し、ぐったりとする。

『絶頂っちゃったね咲耶。ふふ……絶頂った咲耶もやっぱり可愛い』

ただ、そのような状況でも未だ妄想の智也は消えてはくれなかった。

彼は優しく、慈しむような微笑みを向けてくる。

(可愛い？　本当に？　わ……私が？)

『うん。可愛いよ』

頷くと共に智也はソッと咲耶の身体を抱き締めてきた。

(ちょっ！　な、なにするのよ……)

『……好きだよ咲耶』

（——ふぇっ⁉）

ただ抱き締めるだけではなく告白までしてくると、幼なじみはゆっくりとこちらの唇に唇を寄せてきた。

（あ……き……キス……）

聡子の前でしてしまった行為を思い出す。

あの時のキスを思い出しながら、咲耶は口付けを受け入れるように瞳を閉じ——

「って——わ、私の馬鹿ぁあああああっ!!」

そこで急に正気に戻った。

脳内に思い浮かべた智也の姿を振り払いながら、ガバッと身を起こす。

「はぁっはぁっはぁっ……ば、馬鹿！　バカバカバカバカ——馬鹿ぁああああ!!」

そして部屋中に響く声で自分自身を罵った。

「な……なに考えてるのよ。よりにもよってと……智也なんかでこんな妄想しちゃうなんて！　もう！　もうもうもうもうもうううっ!!」

ポカポカと自分の頭を叩く。

＊

『好きよ智也……』

咲耶が唇を寄せてくる——

「って！　なに考えてるんだよぉおおお!!」

そこでオナニーを終えた智也は正気に戻った。

「な……俺……咲耶が俺のことを好きとかって妄想するなんて……。な……なんだよそれ！　うわっ、うわわわわぁあああああ！」

顔が真っ赤に染まっていく。

「なんかこれ……もの凄い恥ずかしいぞ！　なんだよ。どうしてよりにもよって咲耶なんかでぇ……う、うわぁああああ！」

枕に頭を埋め、ジタバタしてしまう。

「ううう……。これも全部聡子さんのせいだぁ！　あんな……咲耶とキスなんかさせるからぁ！　もう！　もうもうもうもうもうううっ!!」

ひたすら智也はベッドの上で身悶えし続ける……。

ツン3 フェラなんてしたくないんだからねッ！

「——ふぁあああ～」

朝、窓辺から射しこんでくる日差しを浴び、智也は目を覚ました。

昨晩は色々あったせいで正直寝付きはよくなかったのだけれど、結構爽やかな目覚めである。いや、昨晩のことは抜きにしても、これほどよく寝たな～と思える朝は久しぶりのことだった。

(なんでだろ？)

違和感すら覚える。

ふとなんとなく時計へと目を向けた。時間は朝の七時。

「え？　う……嘘だろ⁉」

現在時刻を確認した途端、智也は瞳を見開き、硬直した。

普段智也が起床している時間は早朝五時なのに、二時間も遅れてしまっている。そりゃ目覚めも爽やかなものになるわけだ。

（え？　な……なんで？　どうしてだよ!?）

慌てて枕元に置いておいたケータイを手に取る。

（あ……アラームがついてない……）

愕然とした。

「やばいっ！」

ガバッと布団を捲って起きると、寝癖頭のまま尋常でないスピードで制服に着替える。そしてそのまま屋敷のキッチンへと向かう。

（今からじゃどう考えても弁当作る時間……ないぞ。でも、せめて咲耶の分の朝食だけでも作らないと！）

弁当を作る――それが普段智也が早起きをしている理由だった。

自分の分と咲耶の分。毎朝二人分用意をしている。いや、弁当だけじゃなく、朝食作りも智也の担当だった。

もちろん、斑鳩家ほどの家であれば専属の料理人もおり、頼めば朝食や弁当だって作ってくれる。が、咲耶はなぜかそれをよしとしなかった。

『智也は私の専属執事なんだから、ご飯だってあんたが私のために作りなさいよね！』

とか言ってきたからである。

この命令をされた時は『なんで俺が！』と思ったものだが、執事なのは事実であり主命には断れなかった。それに――

『ん～。美味しい♥』

自分が作った料理を食べて表情を蕩かせる幼なじみの顔を見るのが好きだったから。

（やばいっ！　い、急がないと！）

弁当か朝食――少なくともどちらか一つを早く用意しないと……。

あまり空腹にはさせたくない。それが素直な気持ちだった――心の中ではあくまでも執事としてだからな！　と、言い訳をしつつも……。

「お……おはようございますっ！」

焦りながらキッチンに飛びこむ。

「――へ？」

そして、智也は硬直し、キッチン入り口にて立ち尽くすことになった。

「おはよう智也くん」

なぜならばキッチンにはあまり朝は見かけない聡子と、

「ん？　ああ……おはよう智也。随分ゆっくり寝ていたものねぇ」

どうしてか咲耶の姿があったから……。

「ど……どうして？　なんで二人がここに？」

「なんでって、ここは私の家よ。自分の家のキッチンにいたらおかしいわけ？」

「おかしいわけ――って、そんなのオカシイに決まってるだろ。普段はキッチンになんか一歩も足を踏み入れないのに」

「う……それは……。まぁその通りだけど……」

ぐうの音も出ないといった様子で幼なじみは押し黙る。

「どういうことなんですか聡子さん？」

そんな咲耶はとりあえず脇に置き、状況を把握するために聡子に尋ねた。

「どうって……もちろん花嫁修業の一環よ。妻たるもの夫のために料理くらい作ってあげられないといけないからね。というワケで、本日からはお嬢様に智也くんとお嬢様の分――二人分のお弁当を作っていただくことになったの。なので智也くんが起きないように、目覚ましは私がケータイを遠隔操作して止めさせてもらったから」

「……なるほど――って、いやいやいやいやいや……」

さらりと言ったけど遠隔操作って……。

ちょっと怖いですよ聡子さん。

とはいえ、二人がここにいる理由は納得できた。確かに料理の練習っていうのは花嫁修業の基本のような気もするし……。

ただ、問題は――

「今日から咲耶がお弁当を作るって……でも、咲耶料理なんかできたっけ？」

という点だ。

このわがままお嬢様とは物心つく前からの付き合いだけれど、咲耶がキッチンに立っている姿というものをこれまで一度も見たことがない。学校の調理実習の時間でさえも、咲耶は包丁一つ握らず、

『ほら、私の代わりにちゃっちゃと作りなさいよね！』

などと智也に命令してきたものである。

その咲耶がいきなり弁当を作るなど、ちょっとハードルが高すぎるような気がするのだけれど、本当に大丈夫なのだろうか？

「ハンッ！　あんまり私をなめるんじゃないわよ智也！　私を誰だと思ってるの？　斑鳩咲耶よ！　料理くらいやろうと思えば簡単にできるの。今まではやろうと思ってこなかっただけなんだからね！　というワケで、私が最高のお弁当を用意してやるわよ。普段あんたが作ってる弁当なんか目じゃないくらい美味しいものを作ってみせるわ！　ま、まぁあれはあれで凄く美味しいけど……」

最後の方はよく聞き取れなかったけれど、とにかく凄い自信だ。

（まぁ聡子さんもついてるし大丈夫か……なっ⁉）

ふと視線を咲耶の前に置かれたフライパンへと向ける。

そこにあったものは、スライム状の〝なにか〟だった。緑と紫が混ざり合ったような異様な色をしている。

思わずギギギイッと音がしそうなくらい硬い動きで、聡子を見つめてしまった。するとこれに応えるようにメイドは口をパクパクさせる。

「美味しそうでしょ♪」

声に出さないけれど、彼女がそう言っていることはすぐに理解できた。

（え？　どういうこと？　なんで？　どうしてそんなこと言うの？　ってそういえば……）

これまで聡子がキッチンに立っているところを一度たりとも見たことはない。いや、結構前に一度だけ聡子が料理を作ろうとしたことがあったけど、あの時は母が全力で止めていた。

もしかして聡子さんって……。

いや、恐ろしいのでこれ以上の予想は控えておこう。

ちなみにこの弁当作りに予想以上に時間がかかってしまったために、結局朝食は抜きということになってしまった。

「まぁ朝飯抜きはちょっとつらいけど、空腹は最高のスパイスっていうしね！　お昼は楽しみにしてなさいよ！」

この自信、一体どこから来るのだろう？

＊

屋敷を出て、智也と共にいつも通り学校に向かう。

普段であればなんだかんだと口喧嘩しながら……。

が、今は違う。

咲耶は智也と歩きつつも、口を開くことができなかった。

理由は単純――昨晩の出来事を思い出してしまうからである。

今朝は弁当作りに一生懸命だったせいで忘れていたのだけれど、改めて二人きりになるとどうしても意識してしまう自分がいた。

それは智也も同じらしく、なんだかむっつりと押し黙っている。正直ちょっと気まずかった。

（なにか……ちょっとくらい話をしないと……）

そう思い、チラチラ幼なじみへと視線を向ける。

一見すると普段となんら変わりない。そう、いつも通りの智也だ。だから変に意識する必要などこれっぽっちもない。

とは思うのだけれど、どうしても彼の唇を見つめてしまう自分がいた。

（昨日……き……キスしたのよね？　私……智也と……）

唇と唇を重ねた時の感触を思い出す。するとそれだけでドキドキと胸が激しく鼓動し始めた。なんだかキュンキュンと胸が疼く。

（キス……き、気持ちよかったな……）

なんてことまで考えて――

（馬鹿！　なに考えてるのよ！　あれはあくまでも花嫁修業の一環よ。そんなものにいつまでも引き摺られてどうするのよ！　私らしくないわよ！）

慌ててそれを振り払った。

同時にフウッと一度大きく息を吸い、気分を入れ替える。

「ほ……ほら智也！　い……いい……いつまでちんたら歩いてるのよ！　たた……ただでさえ今日は家を出る時間が遅かったんだから！　もっと急いで歩きなさいよね！私が遅刻したらどうするのよ！」

ちょっと硬さは残っているものの、普段通りを心がけて幼なじみに語りかけた。

これに対して智也は一瞬キョトンッとした表情を浮かべる。が、それは本当にわずかな時間だけであり、すぐに彼は悪戯好きの悪ガキみたいな笑みを浮かべた。

「家を出る時間が遅かったって、誰のせいだと思ってるんだよ！　咲耶が弁当作りに時間かけすぎたせいだろ？　聡子さんに聞いた話だと、確か朝五時から作ってたんだよな？　なのになんで家出るギリギリまでかかるんだよ。遅刻しそうなのもそのせいだろ？」

「そのせいって……し、仕方ないじゃない！　その……お弁当作りなんて初めてだったんだから！　そんなこと言うならあんたも手伝えばよかったじゃない!!」

「いや、手伝おうかって一応聞いたぞ」

「う……それはその……」

そういえば時間ギリギリになってしまったせいで最後の方にそんなことを聞いてきた気が……。

「だだだ……だけどその……き、聞いてくるのが遅いのよ！　気が利かないわね」

動揺したため声が震えてしまう。

「いや、俺は咲耶が一生懸命だったから気を利かせてだなぁ」

一生懸命だったから——その言葉に一瞬だけど胸の中に温かいものが広がるのを咲耶は感じた。

確かに咲耶は弁当を作っている最中一生懸命だった。

だって誇張抜きで本当に初めての料理だったから。

だから、不味くならないように、美味しく感じてもらえるように、幾度となく迷いつつも本当に頑張って弁当作りをしたのである。食べてくれる人——智也のことを想いながら……。

（もちろん。その……妻として夫のことを想うのは当然だからそうしたまでよ！　智也が夫役だったから智也のことを想ったままでだってことだけは、理解しておきなさいよね！）

誰に対してでもなく、心の中で言い訳しつつ、智也が自分がどれだけ料理を頑張ったかについて気付いてくれていたことに喜びを覚える。

ただ、その嬉しさをストレートに表に出すのはやっぱり恥ずかしかった。第一、智也なんかに見透かされるってのは嬉しいけれど悔しい。

「べべべ、別に一生懸命なんかじゃなかったわよ！」

結局気がつけば、無意味な否定を周囲に響かせてしまう自分がいた。

ただ、そうして怒鳴りつつも、

（このお弁当――美味しいって言ってもらえるかな？）

ちょっと胸をドキドキさせてしまう。

そしてそんな胸の鼓動は学校についた後も消えることはなかった。それどころか、昼休みが近づけば近づくほど大きくなっていく。

ジワッと掌に汗まで掻いてしまっていた。

（な……なに緊張してるのよ！　私の馬鹿！　ただお弁当を食べてもらうだけじゃな

い。緊張するようなことなんかなにもないわよ！）

　でも、だけど、もし美味しくないと言われてしまったら……。

　なんてことを考えるとちょっと恐ろしい。

「……昨日に引き続いて様子がおかしいけど、大丈夫？　もしかしてまだ木瀬くんと喧嘩中？　仲直りできてないの？」

「け……喧嘩なんかしてないって、言ってるでしょ!!　べ……べべべ……別になんでもないわよ！」

　茜の問いかけに平静さを装うものの、声が震えてしまう自分がいた。

　そして昼休みが訪れる。

　いつも通り咲耶は智也と机を合わせて向かい合わせとなった。ここまでは普段となんら変わりがない。ただ、昨日までであればここで智也が弁当を机に置くのであるけれど、今日は違った。

　鞄から二人分の弁当を取り出し、机に置いたのは咲耶の方である。

　ただ、それだけの行為でしかない。だというのに、酷く喉が渇いた。

「そ……それじゃあいただきましょうか……」

「だな」

　あっさりと智也は頷く。こちらはこんなに緊張しているというのに、普段通りの幼なじみの態度にちょっと腹が立った。

しかし、いつものように「なによその態度！」とか突っかかる気になれない。というか、そんな余裕はなかった。

「…………？」

そのようなこちらの態度に違和感でも覚えたのか、小首を傾げつつ智也は何気ない様子で——咲耶が凝視する前で——袋の中から弁当を取り出し、蓋を開ける。

そして、硬直した。

「えっと……これはなに？」

弁当箱の中には、黒くて、だけどちょっと緑色で、その中に紫色のアクセントが光る丸い固まりが入っている。バックに〝ゴゴゴゴゴ〟という擬音を背負っていそうな一品だ。しかもフォントはちょっと恐ろしい感じの……。

「なにって……わ、わからないの？」

「あ……うん。悪い……」

まったく失礼な奴である。そりゃ確かに見た目は悪いけれど、なにを作ったのかくらいは一目で判断して欲しい。普段であれば間違いなく怒っているところだ。

とはいえ、緊張しているせいか不思議と怒りはあまりわいてこず、

「か……カレーよ」

素直に料理名を答える。

「ファッ!?」

智也は口をポカンッと開けた。

「な……なによその全然予想もしてませんでしたって顔は！　み……見ればわかるでしょ」

「見ればわかるって……え？　あ……ええ？」

「なによ！　わかんないっていうの!?」

「あ……いや……。そんなことないぞ！　ああ……そうだな。カレーだ。確かにカレーだなぁ。あはははは……」

「わかればいいのよわかれば」

そう言いつつホッとする。

一応なにを作ったのかは理解してもらえたらしい。自信はなかったけれどよかった。あと問題なのは味だけだ。

「さて……そ……それじゃあ食べてみて。私が作った初めてのお弁当」

「え？　た……食べる？」

「なに？　食べたくないっていうの!?」

「いや……そんなことないって。咲耶が一生懸命作ったものだし。食べるって。そ……それじゃあいただきま～す！」

　そう言うと智也はスプーンを手に取り、カレーをすくい取ると、それを口元へと運んでいく。

　この動きの一挙手一投足を咲耶は緊張しつつ凝視した。

　が、なかなか智也はそれを食べようとはしない。口の前でスプーンを止めたまま、しばらくの間硬直する。

「どうしたのよ？　食べないの？」

「……え、あ？　そんなことないって。じゃあ……」

　刹那、智也は覚悟を決めたような表情を浮かべ、それをパクッと口にした。

　そして――硬直する。

「ど、どうしたのよ？」

　まるで電源を落とされた玩具のようだ。

「なに固まってるのよ！　か、感想言いなさいよ！」

　まるで予想していなかった反応に咲耶は混乱してしまう。

　すると智也は――

「あ……その……じ、自分でも食べてみれば……」

　とだけ言ってきた。

「なによそれ！　私は智也の感想を聞きたいんだけど！」

「……た……食べてみればわかるから……」

怒鳴ってみるものの、やはり智也は答えてくれない。

食べてみればわかるとはどういうことだろうか？

混乱しつつも咲耶はスプーンでカレーをすくい、智也がそうしたようにパクッと食べた。

「――ッッッ!!」

刹那、咲耶の背中に電流が走る。

いや、電流なんて生やさしいものじゃない。なんというか普通に意識が一瞬飛びかけた。

（これ……こ……この味……）

全身から汗が噴き出してくる。血の気が引いていくのを感じた。寒気すら覚え、身体がガクガクと震え始める。

（ま……不味い……。不味いなんてもんじゃない……。こんな……こんな酷いもの……今まで生きてきた中で一度も食べたことがない……）

口の中に苦みが広がっていく。作ったのはカレーのはずなのに、カレー要素はこれっぽっちも存在していなかった。

なんというか、口の中にこれが存在しているというだけで憂鬱な気分になってくる。少しでも油断すれば眦《まなじり》からは涙が流れてしまいそうな味だった……。

「えっと……その……か、感想……。言った方がいい？」

遠慮がちに智也が尋ねてくる。

彼がなにを言いたいのか、これだけで咲耶は理解できた。

「……ご……ごめんなさい……」

彼が向けてくる視線が痛い。なんだか居たたまれない気持ちになってしまった。

だから咲耶はガタッと立ち上がると、

「さ……咲耶？」

「……へ、変なもの食べさせて悪かったわね。その……あんたの方で処分しておいて……。私はその……よ……用事を思い出したから……ちょっとその……し……失礼するわね」

そう言い残して教室を飛び出した。

＊

立ち上がり、教室を飛び出していく咲耶——その顔は、普段強気な彼女からは想像もできないくらい、なんだか弱々しく。今にも泣き出しそうなものに見えた。

「ちょっ！　ま、待てって!!」

あんな悲しそうな顔をした幼なじみを放っておくことなんかできない。慌てて智也も立ち上がり、後を追おうとする。

（いや、ちょっと待て）

が、いったん智也は止まると、机の上に置いたままになっていたカレーらしきものを手に取った。

この動きをクラスメートたちがポカンとした表情で見つめてくる。

（うう、は……恥ずかしい。これも咲耶のせいだからな！　畜生!!）

まるで女の子みたいにカアアッと顔を赤く染めながら、改めて咲耶の後を追った。

「ちょっと待て咲耶!!」

廊下を走る幼なじみを呼び止める。

「ちょっ！　な……なんでついてきてるのよ！　こ、来ないでよ！　用事があるって言ってるでしょ!!」

こちらの声にビクッと身体を震わせながら一度幼なじみは振り返ってくるものの、立ち止まってはくれない。

「用事って！　嘘ついてもわかるっての！　ってか、待てって言ってるだろ！」

「イヤよ！　待ってなんかあげないんだから！」

止まるどころか走る速度を上げていく。

この後を智也は追うのだけれど、当然目立ってしまった。

早くも食事を終え、廊下に出てきていた生徒たちの視線に晒されることになってしまう。

「なんだ？　いつもの二人の痴話喧嘩か？」

「ホント仲がおよろしいことで——爆発しろ！」

容赦なく向けられる視線と言葉。

(だからなんで俺と咲耶がそんなつ……付き合ってるみたいな認識なんだよぉ！)

目立って仕方がない。恥ずかしすぎる。

しかし、止まるわけにはいかず、羞恥を抱えながらひたすら智也は咲耶を追った。

そして——

「い……いきど……はぁっはぁっはぁっ……行き止まりだな」

ついに咲耶を追い詰めることに成功する。場所は学校屋上。当然逃げ場はもうなかった。

「な……なにっ……はぁっはぁっはぁっ……お、追ってきてるのよ……来るなっていっ……言ったのに……お、おえぇぇえええ……」

おえぇええって……。

お嬢様らしく普段ほとんど運動をしない幼なじみの膝はガクガクと笑っている。全身から汗が噴き出し、制服が肌に張りついているのが見えた。白い下着が少しだけれど透けて見える。

呼吸に合わせて上下する胸元——凄く扇情的だ。

（いやいや、今はそれどころじゃないだろ！　だ、第一咲耶の身体なんか見たって嬉しくもなんともね——し！）

なんて強がりつつ、視線を胸元から外し、まっすぐ咲耶を見つめた。

「な……なによっ」

幼なじみはこの視線に怯む。

「なによじゃないだろ……。それはこっちの台詞だっての！　な……はぁはぁ……なんだっていきなり逃げ出したりしたんだよ」

「なんだってって……。それは……その……」

言いにくそうにモジモジしながら俯く。先程同様、普段の咲耶から想像もできないくらい弱々しい表情で、今にも泣き出しそうなものだった。

その姿を見つめながら「はぁあああ」と智也は大きくため息をつく。

「あれか？　弁当を失敗したからか？」

「……う……」

押し黙る。

完全に図星のようだ。

「まったく馬鹿だなぁ。そんなこと気にするなよ」

「ば……馬鹿ってなによ馬鹿って！　気にするなって……そんなこと言われたって無理に決まってるでしょ！　せ……せっかく初めて作ったお弁当なのに……。あ、あんな風になっちゃうなんて……」

「あんな風って……こんな風か？」

持ってきた弁当箱を突きつける。

「わざわざ持ってきたんだ……。はぁ……。その通りよ。もう最低の味。もしかして智也……笑いに来たの？」

「笑うって……そんなことするわけないだろ。一生懸命頑張ったものを笑うことなんかできねーよ」

「だったらなんでそれ……持ってきたのよ。そんな失敗作捨てちゃえばよかったのに！」

「捨てろって……できるわけないだろ！」

ちょっとだけ語気を荒くする。

「――――!!」

ビクッと咲耶は身体を震わせた。

　でも智也は気にせず、話を続ける。

「咲耶が頑張って作ったものを簡単に捨てられないっての！　それに……失敗したからなんだっていうんだよ！　お前料理するの初めてだろ？」

「それは……まぁそうだけど……」

「だったら失敗くらい当たり前だっつの。その……俺だって料理始めたばっかの頃は失敗ばっかりだったし……。いきなり上手くできるなんて思う方がおかしいんだよ。大切なのは練習だろ！」

　そう言うと智也はおもむろにスプーンを取り出し、咲耶がカレーと呼んだ暗黒物質を弁当箱から掬い取った。それを口元に運んでいく。

「ちょっ！　智也っ!?」

　これには作った当の本人でさえも焦ったような声を上げる。

（ああ……俺なにやってるんだろ。こんなベタなことになるなんて……。食べたくない。はっきり言ってマジで食べたくねー）

　実を言うと再びこれを食べることには、恐怖さえ覚えてしまっていた。それくらい咲耶のカレーはとんでもない味である。

（でも……だけど……。咲耶の泣きそうな顔なんか見たくねーし）

　だから――

「咲耶の作ったものを残したりなんかしないっての！」

そう言ってガツガツとカレーを食べた。

暗黒物質を咀嚼《そしゃく》し、嚥下《えんか》していく。

「智也っ!!」

咲耶が悲痛な悲鳴さえ上げた。

確かにそんな悲鳴を上げられてもおかしくないくらい不味い。本当に不味い。どうしようもないくらい不味い。

それでも、残さずカレーを食べる。

（ベタすぎる。ほんっとベタすぎるよ。ああ……俺って馬鹿……だ……な……）

なんてことを思いながら、智也は意識を手放した。

＊

「では、夜の花嫁修業の時間ですお嬢様」

その日の晩、智也と咲耶は今夜も二人で聡子の部屋へとやって来ていた。

服装は普段着。咲耶はワンピースである。

「――あら？　どうかしたの智也くん？　なんだか顔色が悪いみたいだけど」

不思議そうに聡子は首を傾げてくる。

「え？　別になんでもありませんよ。大丈夫です」

胸を張って答える。

「そう？　ならいいんだけど……」

一応納得はしてくれたらしい。

とはいえ、実際あまり体調はよろしくなかった。昼間食べたカレー〝らしきもの〟のダメージはまだまだ残っている。あの後保健室で休んだものの、完全回復にはほど遠かった。

「やっぱり休んだ方がいいんじゃない？」

ボソッと咲耶が聡子には聞こえない程度の声で話しかけてくる。

「なに？　心配してくれるの？」

「――――!?　ば、ばっかじゃないの！　別にあんたのことなんか心配してないわよ。ただその……昼のことは私のせいだから気を遣ってやったのに！　ってか、明らかに体調はよくなさそうなのに、なんだって智也は律義に参加してるわけ？　もしかして……また私とキスできるんじゃないか？　とか期待してるんじゃないの？」

「――なっ!?　ばばば……馬鹿言うなよ。そんなこと……ぜ、全然……全然期待なんかしてないっつの！」

「だったらなんで無理してんのよ。正直に私とキスがしたいって言いなさいよね」

「違う！　それは違うぞ！」

では、だとするとなぜ自分は無茶をしてまで参加しているのか？

視線は咲耶の唇に向いてしまう。

（したい……やっぱりしたい。キス……したい……）

間違いなくそれが素直な気持ちだった。

「ぷ……プロ意識だよプロ意識！　執事としてのプロ意識だからなあくまでも！」

だけどやっぱり口にすることはできなかった。

「あの……そろそろ話を進めてもいいかしら？」

言い訳するように咲耶に告げていると、聡子が少し困ったような表情を向けてきた。

「あ、すみません……」

「それで聡子。今日はなにをさせるつもり？　また……き、キス？」

「はい♪　もちろんです。キスは毎日やってもらいますよ。しっかり舌もお願いしますね」

というわけで、本日もキスをすることになった。

昨晩のように向かい合う。

ただそれだけで、なぜか昨日以上にドクッドクッと心臓が高鳴るのを智也は感じた。

喜びがわき上がってくる。どんな形であれ、咲耶とキスできると考えるだけで、胸がいっぱいになるのを感じた。

（って、あんまり喜びすぎるな。これは仕事。あくまでも仕事なんだから！）

けれど素直になりきれない智也は、自分で喜びを抑えこもうとしてしまう。

「そ、それじゃあ来なさいよね」

だが、咲耶が促すように唇を突き出してくる姿を見ると、それだけでまたも胸が破裂しそうなくらいに激しく鼓動した。

（仕事！　これは仕事！　仕事仕事仕事仕事！）

そんな自分を必死に落ち着けながら、昨夜と同じように咲耶に口付けをする。

ギュッと咲耶の身体を抱き締めながら、口腔に舌を挿しこんだ。

「んっちゅ……んふっ！　んじゅるっ。むっふ……んちゅうう……ふうっふうっふうっ……んちゅるるぅ……」

唇に唇を重ねるだけの行為でしかないはずなのに、舌に舌を絡めるとやはり心地よい。

「んっふ……。むふうっ！　んふうっ……んっんっんん」

舌を蠢かせると咲耶が鼻にかかったような甘い吐息を漏らした。なんだかその音が興奮を誘う。

（気持ちよすぎる……）

気がつけば智也は咲耶の口腔を貪るように、舌の動きをより激しいものへと変えていた。

「はいそこまで」

やがて聡子の声が耳に届く。

(これで終わり?)

ちょっと物足りなさすら感じた。もっとキスしていたいとか考えてしまう。が、そういうわけにもいかないので、唇をツプッと離す。

「あっ」

すると咲耶がなにか言いたげな視線を向けてきた。

なんというか「もう終わりなの?」とでも訴えてくるような視線を……。

しかし、それは一瞬であり、

「ふうっ! 清々したわ」

なんてことを言いながらわざとらしく唇を拭う。

「そ……それはこっちの台詞だっての!」

カチーンと来たので、智也も同じように唇を拭った。

「で、これで今日も終わり?」

「いいえ……。本番はここからです。本日はフェラを行ってもらいます」

「——フェッ!?」

聡子の口から飛び出した言葉は非常に露骨なものであり、思わず硬直してしまう。

「ちょ……え？　ふぇ……って、ほ、本気で言ってるの？」

咲耶もかなり動揺しているように見えた。当たり前か……。

「もちろん本気ですよ。しかし……お嬢様はフェラという言葉の意味、ご存じだったのですか。てっきりこういったことには疎い方だと思ってましたが。もしかして昔からエッチなことに興味があったんですか？」

そういえば確かに……。

「なっ！　ななな！　え……エッチなことになんか興味ないわよ！」

「じゃあなんで知ってたんだ？」

「そ……それはいいって言ってるのに茜が無理矢理色々教えてくれて……って、なに言わすのよ馬鹿！」

いつも通り怒られてしまった。

「なるほどご学友からですか……。なんにせよ、ご存じなら話は早いです。というワケで、早速智也くんにやっていただけますか？」

実にあっさりと言ってのける。

「え？　む……無理よ！　そんなので……できるわけない！　無理だって！　だ……大体なんでそんなことしなくちゃいけないのよ！」

「もちろん将来の旦那様を喜ばせるためですよ。よき妻となるためには必須の技術です。さぁ、フェラをして下さい」

「だ……だから……。無理だって！　やり方もわからないのにできるわけないわよ!!」

「……ふむ」

拒絶に対して聡子は少し考えこむような素振りを見せると——

「では、特別に今回だけは私が手本を見せて差し上げます」

などということを言い出した。

「え？　て、手本？　手本ってなにをする気ですか？　え？　ま……まさか……」

「多分そのまさかで合ってると思いますよ」

あっさりと聡子は頷くと、動揺する智也の前にしゃがみこみ、躊躇なくズボンのベルトに手を添えてきた。

「——へ？」

これに対してどう反応すればよいのかわからない。あまりの急展開に、オロオロすることしかできなかった。

その間にもカチャカチャとベルトが容赦なく外され、ジジイッとジッパーが下ろされる。そのままあれよあれよという間に、ズボンは脱がされてしまった。黒いボクサーパンツが露わになる。

「ちょっ！　さ……聡子さん！　だ、駄目ですって！」

さすがにこの状況は恥ずかしい。慌てて智也は脱がされたズボンを再び穿こうとした。

「駄目よ智也くん。これも仕事なんだからね」

「そう言われても……」

「大体……こんなに大きくしておいて今さら恥ずかしがっても遅いと思うけど」

「そ……それは……」

確かに聡子の言うとおり、智也のペニスは下着の上からでもはっきりわかるくらいに、先程のキスで大きくなってしまっていた。

「結構つらそうだけど……本当に止めていいの？　気持ちよくしてあげるわよ？」

などということを言いながら聡子が妖しく微笑んでくる。まるで普段している妄想のようなメイドの姿に、智也はよりペニスが硬く、熱くたぎっていくのを感じた。

恥ずかしい。羞恥は消えない。でも、やっぱり――

「その……お、お願いします……」

この状況は思春期男子には刺激が強すぎる。我慢は限界だった。

「はい。よく言えました。それじゃあ……たっぷり気持ちよくしてあげるわね。お嬢様も……しっかり見ていて下さいね」

鼻息が届くくらい近くまで股間に顔を寄せつつ、聡子は咲耶に向かって微笑みかけてみせる。

「……あ……う……うん……」

これに対し咲耶は呆然と頷いた。

あまりの事態に思考が追いついていないといった感じに見える。その気持ちは智也にもよくわかった。

まさかこんなことになるなんて……。

「では……失礼するわね」

そんなこちらの混乱などまるで気にせずに聡子は下着までも躊躇なく下ろしてくる。

ビョンッと硬く勃起した肉棒が飛び出した。

「これは……ふふ……。想像以上ね」

ペニスが剝き出しになる。

露わになった肉槍は、当然のように痛々しいまでに屹立していた。

膨れ上がった亀頭。肉茎には幾本もの血管が浮き出ている。少し驚いたような表情を浮かべる聡子の吐息が届くたび、ヒクンッヒクンッとペニスは震えた。

「嘘……お、大きい……」

　呆然と咲耶が呟く。

（見られてる。咲耶にまで見られちゃってる！）

　幼なじみの視線をどうしても意識してしまう。穴があったら埋まってますぅ～といいたくなるくらい恥ずかしい状況だった。それになぜか彼女に悪いような気もしてしまう。

　だというのに、肉棒は一向に萎える様子を見せなかった。それどころか羞恥や申し訳なさに反比例するかのように、より大きく膨れ上がってしまう。

「凄い……まだ大きくなる」

　ゴクッと息を呑みながらそう呟くと――

「ではお嬢様。しっかり見ていて下さいね」

　などと言いながら聡子は肉棒に手を伸ばしてきた。

「はううっ！」

　肉茎に指が絡む。まだ触れられただけでしかない。だというのに、ビクンッと全身が震えてしまった。

（凄い……触られただけなのに気持ちいい……）

　自分で自分を慰めるのとはまるで違う感覚である。ゾクゾクとしたものが全身を駆け巡っていくのを感じた。

「これからどうすれば男性器を感じさせることができるのかをお教え致します。しっかり覚えて下さいね」

「え……あ……わ……わかった……」

「いい返事です。では……まずはこのようにして扱きます」

そう言って聡子はシュコシュコとペニスを容赦なく扱き始めた。

「くっ！　す……すごっ！」

指がゆっくりと肉茎を擦り上げていく。掌が摑んでいるのはあくまでもペニスだけでしかない。だというのに、まるで全身が聡子の手に包まれているかのように感じた。思わず「うっ！　くはっ」と声を漏らしてしまう。

「この時男性器をあまり強く刺激してはいけません。意外にデリケートな場所ですから。優しく優しくして下さいね」

その言葉通り、肉棒を扱く手の動きはどこまでも優しいものだった。肉茎はきつく締めつけつつも、カリ首や亀頭を刺激する際はとても繊細にタッチしてくる。指先でくすぐるようにカリ首を撫で上げられるだけで、すぐにでも射精してしまいそうなくらいの性感を覚えた。

撫で上げに合わせてペニスが震える。

「う……嘘……。まだ……まだ大きくなるの？」

この様を呆然とした表情で咲耶が見つめてきた。

(見られてる。咲耶にこんな姿を見られてる。恥ずかしい……。恥ずかしすぎる。でも……ああ、気持ちいい。これ、凄すぎる……)

まだ肉茎を扱かれ、亀頭部を優しく撫でられているだけにすぎないというのに、オナニーとは比べものにならないくらいの性感を智也は覚えてしまっていた。

「こ……こんなのすぐにで……射精《で》る……」

まだ行為は始まったばかりでしかないというのに、自分ではどうすることもできないくらい射精衝動が大きくなっていく。

「……駄目よ智也くん。本番はここからなんだから」

「ほん……ばん？　こ……これ以上なにを？」

「なにって……最初に言ったでしょ？　これはフェラの練習なのよ。だから……まだ射精しちゃだ〜め！」

そう言って聡子は悪戯っ子みたいに笑った。

普段はとても美人なのに、その笑顔からは可愛らしさを感じる。こんな表情を向けられるだけでも、暴発してしまいかねなかった。が、射精しちゃ駄目と言われている以上、射精するわけにはいかない。

(射精《だ》すな！　射精すな射精すな射精すな！)

必死に自分に言い聞かせ、射精衝動を抑えこむ。

「その調子で頑張ってね！」

そう言って微笑みつつ、聡子は咲耶へと視線を向けると、

「ではお嬢様。ここからが本番です。フェラチオを行いますのでしっかり見て、勉強して下さいね」

「んちゅっ」

ゆっくりと肉先に唇を寄せてきた。

亀頭に優しくキスをしてくる。

「うあっ」

グニュッと柔らかな口唇が押しつけられる感触に、ガクガクと膝が震えた。

「このように……本当のキスをするみたいに口付けして下さいね。んっちゅ……ちゅっちゅっちゅっちゅ……んっちゅぅうう……」

その口付けは一度だけでは終わらない。二度、三度、四度と啄むように口付けを繰り返してくる。口唇と肉先が触れ合うたびに、肉棒は電流でも流されたかのように跳ねた。

「はぁはぁ……。ふふ……。さて、こうしてひとしきりキスをした後は、今度は舌で優しく舐めてあげます。こうやって……んあっ」

口を開け、舌を伸ばしてきたかと思うと——

「んれろっ！　れろっれろっれろぉ」

ペニスの表面をなぞるように舐めてきた。

「うああっ！　すっげ。うっく……。くううう」

肉茎を舌先がなぞっていく。ほんの少しざらついた舌で敏感部を愛撫される感触は想像以上に心地いいものであり、思わず声が漏れてしまうほどだった。

そんなこちらの反応を上目遣いで見つめつつ、聡子はただ亀頭を舐めるだけではなく、カリ首や肉茎にまで舌を這わせてくる。まるでアイスでも舐めているかのように大きな動きで、レロッレロッレロッとペニスの裏筋を舐め上げてきた。

「ちゅれろっ……。むっちゅ……んちゅっちゅっちゅっ……ちゅぶっ……。はちゅう……んちゅろっ。れろれろ……んれろぉおお……」

しかもただ舐めるだけでは終わらない。肉棒全体に舌を這わせつつ、時には唇を押しつけて何度もキスをしてきたりもした。その上顔を傾けた状態で肉茎に唇を押しつけながら、首を左右に振ったりしてくる。口唇で何度も擦り上げられる肉茎。膨れ上がる性感に自然と腰を引いてしまうのだが、それを追うように聡子は舌をペニスにより絡みつけてきた。

結果、肉茎はヌルヌルとした唾液塗れとなる。部屋の明かりを反射して妖しく輝くほどだった。

「なにか……出てる？」

そんな時、こちらを見つめていた咲耶が呆然と呟く。

「ああ……気がつかれましたか……。はい、出ています。智也くんのペニスの先から、汁が分泌されています」

「ちょ……あんまりそういうことは言わないで下さいよ」

「これも勉強のためよ」

語りながら肉先に指で触れてくる。ネトッと指と亀頭の間に半透明の糸が伸びた。

「それは？」

「先走り汁というものです。女性が興奮し、感じると濡れるように、男性もこのように濡れるというわけです」

「つまり……智也は感じてるってこと？」

「そういうわけです。では、ここまで来たらいよいよ本番ですよ」

「ほ……本番？　一体なにを？」

智也が小首を傾げると、

「もちろん――こういうことです」

わずかに口端から唾液を零しつつ聡子は笑うと、んあっと口を開いてペニスを咥えこんできた。

「くぁあああっ」

生温かく柔らかな感触に下腹部が包まれていく。

(咥えられてる……。聡子さんに俺のが……本当に咥えられてる……)

夢でも見ているのではないかとさえ思ってしまうが、伝わってくる感触は本物だった。聡子の口腔に下半身が蕩けていくようにさえ感じる。

「ろう？　きもひいい？」

「い……いいです。気持ちいい」

「ふふ……。れも……ここかられふよ……。んっちゅ……むじゅるっ……んれろぉおお」

当然ただ咥えるだけでは終わらない。舌が蠢き、ニチャアッと肉槍に絡みついてきた。肉先秘裂をなぞるように舐め上げてくる。それと同時に――

「んっじゅ……。もじゅっ！　んっぽ！　んぽっんぽっんぽぉ！」

口唇を窄めて肉茎をより強く挟みこんできたかと思うと、ジュッポジュッポと下品な音色が響いてしまうことも厭わずに首を前後に振り始めてきた。

「ああ！　凄い！　これ、凄いです！」

「んっじゅ……んふふ……。んじゅっぽんじゅっぽんじゅっぽんじゅっぽ」

口腔全体を使ってペニスを扱き上げてくる。しかも、それだけでは終わらず、頬を窄めたかと思うと「んっじゅ――じゅずるるるぅ」と精液を吸い出そうとするかのように吸引行為まで行ってくる。

「あああ、やばい！　こっれ……ヤバいです。射精る！　こんなにされたら射精ちゃいます！　あああ……だっめ……駄目です。耐えられない。こんなの我慢できません」

膨れ上がる射精衝動。最早抑えることなどできそうになかった。

下腹部から熱いものが肉先に向かってわき上がってくる。ジュボッジュボッと聡子が首を前後に振ってペニスを扱くたびに、ただでさえ膨れ上がっていた亀頭がより大きく膨張していった。

今にも破裂しそうなくらいに肉先が膨れ上がる。

「ほ……ホントに射精る！　抑えられません！　ヤバい。ホントにヤバいですから！」

このままでは聡子の口の中に射精してしまいかねなかった。だからもう止めてくれと訴える。

「いいわひょ……。らひて……たくひゃんらひていいわ。んっじゅ……はむっ……んっじゅ……。じゅぼっじゅぼっじゅぼぉ！」

が、メイドは智也の言葉を聞き入れてはくれない。それどころかより頬を窄め、舌

を絡みつかせてくると、

「しゃあ……らひて！　じゅっず！　んじゅじゅ——んじゅるるるるぅ」

止めとばかりに肉棒を吸い上げてきた。

「だ——駄目ですよ！　ちょっ……これ以上は！」

増幅する性感。ペニスが聡子の口内に溶けてしまうのではないかとさえ思ってしまう。抑えがたい程に射精衝動が膨れあがっていくのを感じた。このまま射精してしまいたいと思う。

が、なぜか素直に射精することはできなかった。

(見てる……。咲耶が見てるんだぞ！)

彼女の前でだけは射精なんてしたくないと思えたから……。

「ずじゅるっ！　むじゅううっ！」

ただ、射精したくないと心でどんなに思ったところで聡子が吸引を止めてくれない以上、射精感は止まることなく増幅していく。

「ああ……も、もう無理っ！」

限界だった。チカッチカッと視界が明滅する。そして——

「射精るっ！　射精るぅううっ!!」

「——んぼっ!?　もっぷ……。おっぽ……。もぼぉおおお！」

ついに肉先から多量の肉汁が聡子の口腔に向かって撃ち放たれた。肉茎がドクッドクッと痙攣するのに合わせて、濃厚な精液が撃ち放たれる。我慢に我慢を重ねた際の放尿にも似た感覚にうっとりと瞳を細めると、ペニスだけでなく全身を痙攣させた。

「んじゅっ！　むじゅるるるぅっ！」

そんな智也をさらに責め立てるように、聡子がより激しくペニスを吸ってくる。

「え？　嘘！　だっめ……。駄目です！　いま、いま吸っちゃ——あっあぅあああ！」

まるで最後の一滴まで肉汁を吸い出そうとするかのような行為に、肉先からはより多くの白濁液が溢れ出した。

凄まじい快楽に全身が脱力していく。半開きになった口から「はぁあああ……」と熱い吐息を智也は漏らした。

「んふふふ……」

その姿を肉棒を咥えながら見つめ、優しく聡子は微笑んでくる。同時に——

「んっぎゅ……ごきゅっごきゅっごきゅううっ」

喉を鳴らして肉汁を飲み始めた。

(飲んでる……。聡子さんが俺のを……ゴクゴクッて……)

あまりに艶めかしく扇情的な姿。本能を刺激するには十分すぎる。

射精したばかりだというのに、精を吐き出す前よりも興奮が高まっていくのを智也は感じた。

（咲耶の前なのに……あああ。抑えられない……）

肉汁を撃ち放ったばかりの咥えられたままのペニスが、萎えるどころかより硬く、熱く、大きく勃起していく。

＊

（智也……凄く気持ちよさそうな顔してる。もしかしてあれって……し……射精？　射精したの？　聡子の口に？）

智也がうっとりとしたような表情を浮かべながら、全身を震わせる。

「はぁはぁはぁ……」

その様をただ見ているだけでしかないというのに、自然と息が荒くなっていく。なんだか喉が渇いていくのを感じ、息を呑んだ。

全身が熱く火照っていく。特に下腹部がキュンキュンと疼くのを感じた。

同時に——

（な……なによ。聡子なんかであんな気持ちよさそうな顔しちゃって……）

などということを考えてしまう。

どうしてか胸がざわめくのを感じた。

「んっぽ……んちゅぽおっ……」

そんな感情を察して——というわけではないのだろうけれど、やがて聡子は肉棒を口腔から解放した。

ビョンッと大きなペニスが飛び出す。

（嘘？　まだ……まだあんなに大きい……。ってか、最初に見た時より大きくなってるみたい。男ってい……一回射精すれば満足するものじゃなかったの？）

などという疑問を抱いてしまうくらい、肉棒は未だ猛々しく屹立していた。

幾本も血管が浮き出た肉茎に、今にも破裂しそうな程に不気味なくらい膨れ上がった亀頭。赤黒いものが呼吸するようにヒクッヒクッと蠢いている。大きさは本当にバナナ並みに見えた。いや、もっと大きいだろうか？

（あれを咥える？　無理……あんな大きいの咥えられるわけない……）

あんなもの絶対口が裂けてしまう。息だってできなくなる——恐怖すら感じ、咲耶は身体を硬くした。

「さぁお嬢様……。やり方はわかりましたでしょ？　次は貴女の番ですよ」

そんな咲耶を聡子が口端から唾液を垂れ流しながら見つめてくる。

「わ……私？」

「はいそうです。ほら、見て下さい。智也くんの男性器……こんなにパンパンになって凄く苦しそうでしょ？」

確かにそれはそう思う。まるで腫れ上がっているみたいだ。

「これをお嬢様の口でスッキリさせてあげるのです」

「すっきり？」

「そうですよ。将来の旦那様にそうしてあげられるよう、花嫁修業頑張って下さいね」

「……花嫁修業……。そ、そうよね。わかった……」

大きすぎるペニスに対する恐怖は残っている。それでも斑鳩の人間として家のために花嫁修業から逃げるわけにはいかない。それに、確かに苦しそうなペニスをどうにかしてあげたいとも思った。

あんなに大きく膨らませたままではなんだか智也が可哀想な気がする。

(でも、別にその！　ととと……智也のことを心配してるわけじゃないんだからね！あくまでもこれは花嫁修業だからするだけなんだから！　だけど……でもその……き、今日のお昼のお礼って気持ちもち……ちょっとはあるけど……。でも、それはちょっと！　本当にちょっとだけなんだからね！)

心の中で自分で自分に言い訳しながら、緊張しつつも智也へと近づいていった。

「さ……咲耶……はぁはぁ……」

赤い顔をした智也の視線が自分へと向けられる。

すると理由はよくわからないのだけれど、なぜか見られただけで胸がドキドキ高鳴り、キュンキュンとより身体が疼き出すのを感じた。幼なじみに見つめられるのはある意味いつも通りのことのはずなのに、なんだか恥ずかしさすら覚えてしまう。

「こ……こんなに大きくするなんて……ホント変態ね！」

膨れ上がる羞恥心――それを押し隠すように、いつも通りの罵り言葉を口にしながら、聡子に並ぶように智也の前にしゃがみこんだ。

（や……やっぱり大きい……。近くで見ると余計にそう感じる……）

当然肉棒を目の前にすることになる。離れた場所から見ていた時よりも、遥かに大きく、そして凶悪なものに感じられた。これほど大きなものが女の大事な部分に挿入《はい》るなんて本当だろうかとさえ思ってしまう。

（それにこれ……凄い匂い……）

大きさだけでなく匂いも強烈だった。

一度射精したせいもあるのかも知れないけれど、なんだか噎せ返りそうなくらい生臭い匂いが鼻をつく。そんな香りが身体の奥底まで染みこんでくるような気がした。この香りを嗅いでいるだけで、なんだか頭がクラクラする。

「はぁはぁはぁ……」

自然と息が荒くなっていく。

唾液に塗れて妖しく輝く肉棒を咲耶は呆然と見つめ続けた。

「いつまでも見ているだけでは駄目ですよお嬢様。なにをすべきかはすでにお教えしてあります。先程私がしたようにやってみて下さい」

「……え……ええ……」

確かにこうして見ているだけではどうにもならない。

（ちょっと怖いけど……。その……花嫁修業だし。昼休みのお礼くらいしなくちゃ。使用人の頑張りに応えるのも主人としての役目だしね！　そう、あくまでもご主人様としてよ。別に智也を気持ちよくさせてあげたいとか思ってるわけじゃないんだからね！）

言い訳と共に恐る恐るではあるけれどペニスに手を伸ばし、ソッと肉茎を摑んだ。途端にグジュッと湿り気を帯びた感触が伝わってくる。

（あ……熱い……）

掌に伝わってくる肉棒の熱気は、発熱でもしているのではないかと思える程だった。想像していたよりもずっと熱い。ただ、だからといって肉棒を握ったまま戸惑い続けているわけにはいかない。本番はここからなのだ。

（えっと……た……確かこうだったわよね？）

先程見せつけられた行為を思い出し、ソッと肉茎を扱く。唾液に塗れているためか、ちょっと手を上下に動かすだけで、すぐにジュコッジュコッと淫靡な音色が響き始めた。

「うっく！」

同時に智也が声を漏らし、ヒクンッと身体を震わせる。

（ただ触っただけなのに凄い反応……こ、これってもしかして……）

「智也……あんたか……感じてるの？」

上目遣いで幼なじみを見つめる。

「は？　ば……馬鹿っ！　ただ触られただけで感じるわけないだろ！」

智也は否定の言葉を吐きながら、ついっと瞳を逸らした。

（この反応……やっぱり感じてるんだ。私で……智也が……）

なんだかそれがちょっと嬉しい。

肉棒に触ったところで聡子のように智也を気持ちよくできる自信はなかったのだが、幼なじみの反応になんだかちょっと余裕ができてくる。

「そう？　ホントに？　ホントに感じてないの？」

ちょっと意地悪く瞳を細めながら、グチュッグチュッと卑猥な水音が響いてしまうのも厭わず、肉茎を上下に扱く。途端に再び肉棒はビクビクと反応を始めた。手淫によって刺激を感じていることは間違いない。

「あ……当たり前だよ！　か……くっ……感じてなんかいないっつの！」

しかし、それでも性感を認めようとはしない。

（そう……。そういう態度に出るのね。だったら……絶対に感じてるって認めさせてやるんだから！）

緊張感を押しのけるくらいのやる気がわき上がってくるのを感じた。

気持ちに後押しされるように、汁に塗れたペニスをひたすら扱く。肉茎を擦り上げるたび、掌が唾液やヌルヌルとした汁で濡れていった。それが少し気持ち悪いけれど、それ以上に快楽を認めさせたいという気持ちが勝る。

「はぁっはぁっはぁっ……ぜ、全然気持ちよくなんかねーし！」

が、やはり手淫だけではそう上手くはいかないらしい。こちらが与える刺激になれてきたのか、智也は口元に笑みを浮かべ、こちらを挑発するような視線まで向けてきた。

「むううう！」

これが悔しい。

ではなにをすべきか？

そう考えた時脳裏に浮かんだのは、ペニスに口付けをする聡子の姿だった。

（口？　口でする？　これに？）

改めて肉先をマジマジと見つめる。

どちらかというと可愛らしい感じの顔立ちをしている智也のものとは思えないくらいに、肉棒は大きく、凶悪だった。怖い――とすら思える程であり、躊躇してしまうのだが、

(でも……聡子はこれを咥えてた。私にだってできるはず……。聡子みたいに私だって智也を感じさせたい。その……感じてるって認めさせてやりたいから……。だから……これくらい……私にだってできる！)

そう心の中で決心すると、智也の肉棒に唇を寄せ――

「んちゅっ！」

キスをした。

「ふっちゅ……ちゅっちゅっちゅぅうう……」

もちろんキスは一回だけじゃない。繰り返し繰り返し口付けの雨を降らせる。同時に聡子がしていたように舌を伸ばし「んれろっ！　れろっれろっ……ふっちゅ……むちゅう。ぺろっ……れろっれろっれろぉ」と肉棒を舐めた。

どこをどう刺激すれば智也が感じるのかはわからない。だから舌の動きは本当に滅茶苦茶なものである。それでも、舌で肉表をなぞるたび「うっく！　はふぁああ」と智也は声を漏らした。

間違いなく感じている。

（ちょっとしょっぱい……。それになんか生臭くて、あんまり美味しくないわ。でも……この反応……感じてるよね？　だったらもっと！）

「ぺちゅろぉ……。ふっちゅ……れちゅう……。くちゅっくちゅっ……ふちゅう……」

積極的に舐めたい味ではないけれど、もっと智也を感じさせたいという本能のままに舌を蠢かせ続ける。

（凄い……。まだ大きくなる）

そうして舐めているうちに肉棒はより大きく、硬くたぎっていった。

（もっと……もっと感じさせるには？　こ……こうよね？）

「はっむ……もぶううっ！」

ついには口でペニスを咥えこむ。

（お……大きい。これ……口が裂けちゃいそう。でも……もっと……もっと奥まで）

小さな咲耶の口に対して肉棒はあまりに大きかった。けれども限界以上に口を開き、喉奥まで肉槍を咥えこんでいく。

「おっご……もぼぉおお……」

（く……苦しい。でも……）

肉茎で息をつまらせつつ、上目遣いで智也の様子を観察する。

「あああ」

（感じてる。智也が感じてるから……。頑張らなくちゃ！）

幼なじみが性感を覚えていることは間違いない。であるのならばここで中断するわけにはいかなかった。

「おっぶ……ぶじゅっ！　もっぽ！　ぽもっ！　もっぽもっぽもっぽもっぽ！」

聡子がなにをどうしていたのかを必死に思い出しながら、肉棒を咥えた頭を前後に振る。口唇を窄めて肉茎を締め上げながら、口腔全体でペニスを愛撫した。

大きすぎる肉槍が蠢くたび、口端からは唾液が溢れ出る。喉奥に亀頭が当たるたび、息苦しさから眦には涙が浮かんだ。それでも咲耶はフェラチオを中断せず、滅茶苦茶に舌を動かしながら、頬を窄めて「んじゅるるる」と肉棒を啜った。

「うっく……これ……ああぁ」

（智也……凄く気持ちよさそう……）

感じている姿を見ているとそれだけで嬉しくなってくる。自然肉棒を扱く動きも激しさを増していった。

おかげで肉棒はより口内で大きくなっていく。

だが、それでも——

（まだ？　まだ射精しないの？）

射精させることはできずにいた。

（どうしよう？　一体どうすればいいんだろう？）

それがわからない。

「お嬢様……もっと智也くんを感じさせる方法を教えてあげますね」

すると聡子がニコニコと笑いながら、ボソボソと耳元でアドバイスしてくれる。

「ふぇっ!?　しょ……しょんなころれきなひ……」

教えてくれた方法は、咲耶が今まで考えもつかなかったものであり、はいそうですかと簡単に受け入れることはできないくらい恥ずかしいものだった。

「これも花嫁には必須の技術ですよ。それに……智也くんをもっと気持ちよくさせたくはないんですか？」

とはいえ、そう言われてしまえば――

「ふぁ……ふぁかっら……ひゃる……。ひゃればいいんれひょ」

頷かざるを得なかった。

「んっぷ……はぷぁああ……。はぁっはぁっはぁっ……」

咥えていた肉棒をいったん離す。

「咲耶？　な……なにを？」

「み……見てなさいよ……。はぁはぁ……絶対あんたを射精させてやるんだからね！」

驚く幼なじみに対して挑戦的にそう告げると、咲耶はワンピースの前ボタンを外していき、白いブラジャーを露わにした。そして躊躇しつつもこのブラまで外す。たゆんっと弾むように大きな胸が露わとなった。

掌に収まりきらないほどの胸。それでいて垂れることなくツンッと上向きがかっている。ピンク色の乳首は興奮しているためだろうか、すでに勃起していた。

「咲耶!?」

驚きながら幼なじみは乳房を凝視してくる。はっきり言って恥ずかしい。智也の前で胸を晒すなんて今まで考えたこともなかったから……。

「み……見てなさいよ！」

それでも智也の前で弱気な姿は見せたくはなく、挑発的に告げると共にさらけ出した胸を自分の唾液に塗れた肉棒に近づけ——それを挟みこんだ。

「あっふ……」

肉棒の熱気が胸に伝わってくる。この感触に思わず声が漏れた。ただ、声を上げたのは自分だけじゃない。智也も「くああっ」と身体を震わせながら、切なげな表情を浮かべる。どうやら感じてくれているらしい。

「それじゃあいくわよ」

羞恥で顔を真っ赤にしつつもそう挑発的に告げると、聡子にアドバイスされたとおり胸を自分の手で左右から押しこみ、肉棒をきつく柔肉で締めつける。もちろんそれで終わりではなく、ジュッコジュッコと豊かな胸で肉棒を扱き始めた。

「んっふ……くふう！　んっんっんんんん」

(動いてる。私の胸の中で大きくて……熱いのが……。これ……恥ずかしい。凄く恥ずかしい。でも……ピクピクって震えてる。これって感じてるってことでいいのよね？　私の胸で智也が感じてるのよね？)

そう考えると嬉しかった。

「はぁっはぁっはぁっ」

だから荒い息を漏らしつつ、より胸の動きを激しくしていく。胸の谷間から顔を出す亀頭が、肉茎を擦り上げるたびに大きく膨れ上がり、さらに多量の肉汁を吐き出すのが見て取れた。

「いい感じですお嬢様。ですが、胸で擦るだけでは駄目です」

「駄目って……んっんっんっ……。そ、それじゃあどうすればいいの？」

「もちろん。谷間から覗き見える亀頭を舐めるんです」

「舐める？　こ……こう？　んっ……んれろっ！　れろぉおお……」

言われるがままに舌を伸ばし、肉先に這わせた。

「くぁあああ！」

途端に智也が今まで以上に愉悦に痺れたような声を漏らす。

（ホントだ。ホントに感じてる！　だったら……もっと！　もっと！）

感じさせたい。気持ちよくさせたい――想いが膨れ上がる。

「んれろっ！　んっふ……はふあっ！　あっあっ……んっちゅ……ちゅろっ！　んちゅろっ！　れろっれろっ！　んじゅうっ！　ふっちゅ……あむうっ！　んっじゅ……もじゅう！　もっぼもっぼもぼぉおお！」

心の赴くままに肉棒を舐めた。ただ舐めるだけではなく、時には肉先にキスをし、時には亀頭を咥えこんだ。

「やばい！　そんなにされたもう！　むっり！　射精る！　これ……でっる。射精るから！　ちょっ――咲耶！　やばいって！　このままじゃ口の中に射精ちまうから！」

乳房と口腔による同時愛撫。このおかげかついに智也は限界を告げてくる。止めてくれとこちらを制止してきた。

「ひ……ひいわひょ！　んっぽ……もっもっもっ！　ら、らひていいわ。しゃとこらって……もっぷ……じゅぽっじゅぽっ……しょ、しょうひたんらから……。わ、わらひらっへ……くひれ、う、受け止めれあげりゅわよ！　ほりゃ……らひて！　れしょうならひなはい！　んっぽ……もっぷもっぷもっぷもっぷっ！　んじゅるるるるぅ！」

　幼なじみの言葉を聞き入れるつもりはない。乳房で肉茎を締め上げ、擦り上げつつ、より口唇を窄めながら、より喉奥で肉槍を受け止める。下品な音色が響くことも厭わず、ペニスを激しく吸引した。

「だ……駄目だ！　もう！　無理!!」

　この行動についに智也が限界を伝えてくる。亀頭が不気味なくらいに口内で膨れあがるのがわかった。

「もっぶ！　おぶううう！」

　より強く口腔で咥えこむ。

　刹那──

「くあぁあああ！」

　肉棒が脈打った。

　ドクッドクッドクッと激しく肉茎が痙攣する。同時に肉先がクパッと口を開き、咲耶の口内に多量の肉汁を流しこんできた。

「むっぷ！　おぶううっ！」

（これ……射精てる！　私の口の中に熱いのがたくさん！　あああ！　すっごい。口の中……いっぱいになってくぅ）

肉汁によって口腔が一瞬で満たされていく。口内に広がってくるのは異様な熱気と噎せ返りそうになるほどの臭気。

「はぶっ！　あぶぁあああ……」

ブクッと頬を内側から肉汁によって膨らませながら、ペニスを胸で挟んだまま咲耶もビクッビクッと肢体を震わせた。

「あっぷ……はふぁあああ……」

(口の中……智也の……せ……せーえきで満たされてる……)

やがて射精を終えた肉棒がジュポンッと口腔から引き抜かれるのだけれど、口内には肉汁が残ってしまう。

「さぁお嬢様。それを全部飲み干して下さい」

「の……にょむ？　おっぷ……こ……こりぇを？」

「はい。よき妻たるもの、夫から受け取ったものはすべて自分のものにしなければなりません」

本当にそんなものなのだろうか？　ちょっと疑問を覚えたけれど、聡子がそう言う以上、そういうものなのだろう。と、納得する。

それに――

(せっかく智也が射精したものだし……)

という気持ちも確かにあった。

「んっぎゅっ……。ごきゅっごきゅっごきゅっごきゅっ……おっぷ……うぷえっ！　げっほ……おぶぇえ！　んっぷ……んぎゅうう……」

だからこそ、躊躇《ためら》いながらも肉汁を喉奥へと流しこんでいく。精液は汁というよりもゼリーといった方がしっくり来るほど濃厚だった。そのため、何度も噎せてしまい、少し零してしまう。胸元が白濁液に塗れた。

それでもできる限り、最後の一滴まで――

「あっぎゅ……んじゅるるるぅ……」

肉汁を飲み干す。

「あっふ……ぷはぁあああ……」

吐き出す息が、少し精液臭くなった。

「全部飲んだら最後はごちそうさまですよ」

「あっふ……ご……ごひほうしゃま……」

ケプッと吐息を漏らしつつ、口周りを白濁液で汚しながらそう呟いた。

＊

「それで……お昼はどうでしたか？　お嬢様渾身のカレーは？」

すべてが終わった後、ニコニコ顔で聡子が尋ねてきた。

この質問を受けた途端、智也と咲耶はちょっと気まずい表情を浮かべる。

「あれ？　どうしました？　もしかして……美味しくなかったんですか？」

「それはその……」

もちろん美味しくなかった。ただ、それをはっきり口にするのは憚られる。隣に立つ咲耶の前で「不味かった」などと答えられるわけがなかった。

けれどこちらの態度で察してくれたらしい。

「そうですか……」

そう一言だけ聡子は呟く。

「おかしいなぁ。私が味見した時はあんなに美味しかったのに……」

不思議そうにメイドは首を傾げた。

(やっぱり前に母さんが聡子さんの料理を全力で止めていた理由って……)

つまりはそういうことか？

「あ……明日からは料理は俺が教えるよ」

「え……ええ……。それがいいみたいね」

アハハッと二人で乾いた笑いを浮かべる。

ツン4 バージンぐらいアナタにあげるわよッ！

「違うって……だからここは醤油だっての！」

「そんなこといきなり言われたってわからないわよ馬鹿!!」

翌朝、昨夜の約束通り咲耶に弁当の作り方を智也は教える。が、幼なじみと二人でキッチンに立つという状況。口喧嘩が起きないはずがなかった。

「教えてる相手に向かって馬鹿はないだろ馬鹿は！」

「……う……その、それは確かに……で、でも、やっぱり智也の教え方が悪いせいでよくわからないのよ！」

「教え方が悪いって……咲耶が不器用なのがいけないんだろ！」

「な……なんですってぇええ！」

朝から屋敷中にユニゾンした怒鳴り声を響かせることになってしまう。

とはいえ、別に積極的に喧嘩がしたいわけではなかった。できることなら仲良くしていたいと思う。

けれども、黙っていると駄目なのだ。

どうしてもここ最近の出来事を思い出してしまうから……。

咲耶を見ているだけで、昼の感触や、乳房の美しさと柔らかさを想起してしまう。考えるだけで身体が――特に下半身が熱くなってしまうのを感じた。これに気付かれるわけにはいかない。

だからだろうか？　なんだか普段以上に咲耶に突っかかってしまう自分がいた。

とはいえ、そうして喧嘩しながらもなんとか弁当は完成する。

「見た目は……悪くないわね……」

「ああ。だけど問題は味だ……」

「わかってるわよ。昨日は味見しなかったせいでその……し、失敗しちゃったわけだし。だから……た……食べてみるわね」

緊張しながら咲耶は弁当――本日は唐揚げ弁当だ――に楊枝を突き立て、その一つを自分の口に放りこんだ。

「――っ!!」

そして瞳を見開く。

「どうした？　まさか失敗か？　ちょっと俺も……」

分量などは間違っていなかったはずだけれど、どこかおかしかったのだろうか？

小首を傾げながら楊枝を手に取り、唐揚げを食べようとする。

が――

「駄目よ！」

止められてしまった。

「え？　な……なんでだよ？」

「なんでって……これは智也のため――じ……じじじ……じゃなくて、その、夫役のためにに作った弁当なのよ！　ちゃんとお昼に食べなくちゃ駄目よ！」

「でも……心配だし……」

「それって……私を信用できないってこと？」

ギロッと鋭い視線で睨まれる。

「え？　あ……そんなことないって……。あはははは」

この視線がちょっと本気で怖く、誤魔化すように乾いた笑いを響かせた。

（でも……本当に大丈夫か？）

ただ、そうして笑いつつもちょっと心配になってしまう。昨日は頑張って完食したけれど、もう一度あのカレーみたいなものを食べるのは二度とごめんだぞ。

またあれを食べることになるかも知れないと考えると、それだけでなんだか恐怖すら覚えた。

しかし――

「おっ！　これ……美味しい！」

この日の昼休み、抱いていた心配が杞憂だったことを智也は知った。

口の中に広がる唐揚げの味。なんだか胸に染み渡る。

「こんな美味しくできてたんだ」

なんだか普段自分が作る唐揚げよりもずっと美味しく感じた。

「お……美味しい？　ホントに？」

「マジマジ。マジだって。凄くいいよこれ」

正直な感想を告げる。

「そっか……美味しいか……。はぁあああ……。よかったぁあああ」

この答えに咲耶は心の底から安心したというように大きく息を吐いた。昼休みまではどこか硬さを感じていた表情がグニャグニャと蕩けていく。

とても嬉しそうな顔だった。

一瞬、口に唐揚げを含んだまま見惚れてしまう。

するとこの視線に幼なじみは気付き、慌てたように表情を整えた。

「ま……まぁ当然よね。私が作った唐揚げなんだから美味しくないはずがないわよね」

偉そうな態度でドヤアッと胸を張ってみせる。その姿すらなんだか可愛く見えた。

(もっと褒めてあげたくなってくるなぁ。もっと咲耶の可愛い姿……見たいぞ……)

とは思いつつも、

「私がって言うけど……全部俺の指示通りにやったわけだし、ある意味俺が作ったって言ってもいいんじゃないか？」

やっぱり素直に褒めることはできなかった。我ながら本当にひねくれ者だと思う。

「な……なんですって！　その言い方なによ！　まるで自分がいなくちゃ私が料理できなかったみたいじゃない！」

「みたいじゃないってその通りだろ？」

「違うわよ！　私は一人でだって美味しいものを作ってみせるわよ！」

「え～ほんとに～？」

「ホントよ！　一人で作った料理だって、絶対智也に美味しいって言わせてやるんだからね！」

教室中に響く声で言い放ってくる。

「ああいいぞ！　わかった！　それじゃあ楽しみにしててやるよ咲耶の弁当！」

だから智也も同じような声で言い返してやった。

刹那、ざわついていたクラスメートたちの声が止める。

「「——あ？」」

正気に戻ったようにポカンと咲耶と智也は口を開く。

そんな二人にみんなの視線が集まった。

「えっとそれ……愛妻弁当作ります宣言？」

「ああ……やっと二人も結ばれたか……」

良樹と茜がニヤアッと笑った。

「「ち……ちっがぁあああああう!!」」

顔を真っ赤にして、二人同時にこれを否定する。

＊

「では……本日はいよいよセックスをしていただきます」

ついに二人にそんな命が下ったのは、その日の晩のことである。

キス、そしてフェラチオ。その上パイズリ——と来たからにはいつか必ず来るとは想っていたけれど……。

「せ……セックスって……それ本気ですか？」

さすがに聞き返してしまう。

「もちろんですよ」

「当然……その……智也とす……するのよね？」

「他の誰かがいいですか？」

「あ……いや……そんなんじゃないけど……。でも……」

チラッと咲耶がこちらを見つめてくる。この視線を受けるだけで、ドキッと胸が高鳴るのを感じた。

「さすがに花嫁修業でそれはやりすぎなんじゃ？　その……ししし……しょ……初夜って大事だと思うし……。相手のことを考えたら初めては相手にあげた方がいいんじゃや？」

「ふむ……なるほど。確かにそういう考えもあるわね。だけどそれは違う。間違ってるわ！　いい、セックスというのははっきり言って夫婦生活にとって最も大切なものよ。セックスが上手くいかないというのが十分離婚理由になるくらいにね。つまり、最初から相手を喜ばせる術を知っておくというのはとても大切なことなの」

「そういうものですか？」

「そういうものよ！」

グッと拳を握って力説してくる。

「それに……」

「それに？」

小首を傾げていると、聡子は智也の耳元に唇を近づけてきた。

「智也くんはいいの？　お嬢様の処女……知らない男に奪われちゃっても……」

「――なっ!?」

露骨すぎる言い回しに、硬直してしまう。

「そ……それは……」

チラッと幼なじみを見る。

「な……なによ？」

「あ……いや……別に……」

自分以外の誰か――例えば片桐春馬に咲耶の処女を奪われる？

（イヤだ……。それは……。それはイヤだぞ！）

結婚だって本当はして欲しくないのに、ましてやセックスなど……。考えるだけで気持ち悪ささえ感じた。

「ほら……嫌でしょ？」

「べ……別にイヤじゃないし……」

だけどやっぱり素直になれない。

「そう？　だったら止めとく？」

「……う……でもその……は……花嫁修業に付き合うのが俺の仕事だし……」

「了解♪」

そう言って聡子はとても楽しそうに笑った。

＊

「そういうわけですので、お嬢様もよろしいですね？」

「そ……それは……」

セックス？　智也とセックスをする？

考える。考えるが、軽々に頷ける話ではなかった。視線が泳いでしまう。

「お嬢様はいいのですか？　智也くん以外の男が初めての相手でも」

「と……智也以外が初めて？」

耳元でボソッと囁かれたことで、反射的に自分が智也ではない男に抱かれる姿を想像しそうになってしまう。

（それくらい別にいいじゃない！　わ……私は智也と結婚するわけじゃないんだし）

そう心の中で思うのだけれど、なぜだろうか？　智也以外に抱かれている自分の姿を想像すると、なんだか凄く気持ち悪くなってきた。考えるだけで吐き気すらしてくるのは一体どうしてだろう？

「でも……だけど……」

　セックスなんてやっぱり――。

「斑鳩のためですよ……」

「それは……」

　家を出されると弱い。

（そ……そうよね。斑鳩のためだもんね。し……仕方ないわよね……）

　言い訳みたいに心の中で繰り返す。

「わ……わかったわ。せ……セックスくらいしてやるわよ！　でも、絶対勘違いしないでよね！　あくまでも斑鳩のためなんだからね！」

「わかっております」

　笑う聡子がなんだか小悪魔みたいに見えた。

＊

（仕事だから……とか答えちゃったけど……やっぱこれ、まずかったんじゃないか？）

　咲耶の部屋にて智也は硬直してしまう。

　ちなみに咲耶の部屋である理由は、ここにあるベッドが使える部屋――他は智也と聡子の部屋だ――の中で一番しっかりしたベッドがあるからである。

　事実天蓋付きベッドはやはり大きく、豪奢であるのだが、久しぶりに見る幼なじみのベッドの様子を確認する余裕はなかった。

「……なに固まってるのよ。も……もも……もしかして緊張してるわけ？」

立ち尽くしていると、挑戦的な視線を咲耶が向けてくる。そのくせ、彼女の声はどことなく震えていた。

「は？　き……緊張？　なんで俺が？」

「なんでって……もちろんあんたが童貞だからに決まってるでしょ。ま……まま……まぁそれもし……しししし……仕方ないわよね。私みたいな可愛い子とせ……セックスなんて、モテないあんたには下手すれば一生縁がなかったことなわけだし……。やっぱりその、ど……どど……童貞的にはセックスって怖いわけ？」

「はっ？　な……なに言ってんだよ！　せ……セックスが怖い？　んなわけないっつの！　セックスくらい簡単だっての！」

セックスはさすがにやりすぎなんじゃ——と思う自分がいた。けれども咲耶の挑発するような言葉によってその考えは吹き飛んでしまう。気がつけば言い返していた。

「あっそ……途中でビビって逃げないでよね」

「そっちこそな！」

互いを睨みつけ、バチバチと火花を散らす。

「って……い、いつまでもこうしてても埒があかないわ。その……そそ……そういうわけだから、さ……さっさと始めて終わらせちゃいましょう」

「……そ、そうだな」

とはいえ、ただ睨み合っていても話は前に進まない。どちらからというわけではなく、互いに肩の力を抜いた。

だからといってなにをどうすればよいのかわからない。なぜならばこの場に聡子はやって来てはいないからだ。

『初めてですからね。最初から指示ありでセックスというのはどうかと思いますし、自分たちの好きなようにやってみて下さい』

というのが彼女からの指示だった。

まぁそれはその通りだと思う。初めてのセックスを誰かにああしろこうしろ指示されながらするなんてまっぴらごめんだった。

（でも……実際セックスってどうやればいいんだ？）

それがわからない。

好きな通りにしろと言われても……。

正面に立つ幼なじみをマジマジと見つめる。

色白で背の小さな女の子。どことなく頬が紅潮し、心なしか瞳が潤んでいるようにも見えた。なぜだろう？　なんだかいつもよりも可愛らしく見える。

「な……なによ……人のことジロジロ見て……」

「あ……いやその……。えっと……き……キスでもする？」

気がつけば反射的にそう呟いていた。

（な……なな……なに言ってるんだ俺!?　相手は咲耶だぞ！　なのに自分からキスするかなんて……。これ……間違いなく変態とか罵ってくるぞ！）

いつも通り口喧嘩を始めてしまう場面が脳内に思い浮かぶ。

だが――

「そ……それもそうね……」

意外なことに咲耶はあっさり頷いた。

＊

（それもそうねって！　な……なに頷いてるのよ！　ここはその……へ……へへ……変態っ！　とか怒鳴る場面でしょ!!）

心の中で咲耶は自分を叱咤する。

「じ……じゃあいくぞ」

けれども一度口にしてしまった以上、もう引っこみはつかなかった。

（修業よ！　こ……これも立派な花嫁になるためよ。そういう強い責任感から出た言葉だわこれは！　絶対に！　だから……別に智也とキスしたいわけじゃないんだからね！）

「ききき……来なさい」

自分で自分に言い訳しながら、瞳を閉じて唇をキスしやすいように上向きにする。

「んっちゅ……」

口唇に口唇が重ねられた。

（ああ……柔らかい……）

唇の温かな感触が伝わってくる。ただ唇を重ね合わせるだけの行為でしかないというのに、なんだかとても心が落ちつくような気がした。どうしてだろうか？　感じていた緊張感すらなくなっていくような気がする。いつも智也に抱いている反発心すらも、一瞬で蕩けていくのを感じた。

「まさか……い、一回で終わりじゃないわよね？」

触れるだけのキス――唇を離した智也に対し、挑発的な言葉を向ける。

「あ、当たり前だろ！」

「でもその……間違えないでよね！　別にキスがしたいわけじゃないから。ただその……せ……セックス前に一回だけしかキスしないなんて、おかしいと思ったから言ってるだけなんだからね！」

「わかってるっての！　じ……じゃあいくぞ！」

顔を真っ赤にしながら、再び智也は口付けしてきた。

「ちゅぷっ……んっちゅ……ちゅっちゅっちゅぅ……。ふっちゅぅ……」

今度は一回だけじゃない。啄むように何度も何度も……。しばらくそうして軽い口付けを繰り返した後、ついには幼なじみはこちらの身体に手を回し、抱き締めてきた。これに応えるように、こちらからも彼の身体を抱き締める。身体と身体が強く密着した。智也の体温が伝わってくる。温かな身体——彼を近くに感じると、それだけでなぜかドキドキと胸が高鳴っていくのを感じた。

「ふちゅっ！　むちゅるっ……。ふっちゅ……。ちゅぱっ！　んっちゅ……ちゅっちゅっちゅぷぅ……。むふうう……。あむっ……もっふ……もじゅうっ」

そうした胸の鼓動を感じながら、さらにキスをする。ただ唇を重ねるだけじゃない。

自分の口の中で智也の舌が蠢いているのがわかる。グチュグチュと淫靡な音色を響かせながら口腔を掻き回してきた。自然とこれに応えるように咲耶も舌を伸ばす。口内で舌と舌を絡め合わせるような深い深いキスだった。

「あふぅ……。もっむ……んふう……ふうっふうっふうっ……」

口と口で繋がり合う。続くキスの長さに比例するように吐息が荒くなっていく。それは智也も同様であり、彼が漏らす「ふー。ふー」という鼻息が、なんだかこそばゆかった。とはいえ決して不快な感触ではない。それどころか自分とのキスで興奮しているのだと考えると嬉しささえ感じた。

「はちゅう……れっちゅ……はふぁっ……ちゅむっ……。むちゅうっ」

自然と舌の動きが激しさを増す。自分から智也の口腔に舌を挿しこんだりもするようになっていった。

粘膜同士を混ぜ合わせ、唾液と唾液を交換し合う。

（なんか……熱くなってくる。身体がジンジンする）

下腹部が熱く火照り始める。思わずモジモジと太股を擦り合わせた。

「ん!?」

それと同時に硬いものが自分の腰に押しつけられていることに気付いた。いや、ただ硬いだけじゃない。硬くて熱いものだ。それをグイッグイッと智也が腰を振って押しつけてくる。

「……んっふ……はふぁあああ……。はぁっはぁっはぁっ……と……智也……。あんたこれってもしかして……ぼ……勃起してるわけ?」

もう少しキスし続けていたいと思いつつも唇を離し、挑戦的に尋ねた。

「……そ……そそ……そうだよ」

この問いに顔を赤くしつつも智也は素直に頷く。

（や……やっぱり勃起してるんだ……。私で硬くしたんだ……）

自分とのキスで智也は興奮してくれた。そう思うとなんだか嬉しささえ感じる。よりキュンッと秘部が疼くのを感じた。

「でも……その……だからなんだって言うんだよ？」

「だからなにって……はぁはぁ……き、キスだけでこんなに硬くするなんて変態じゃないの？　そんなに私とセックスしたいわけ？」

なのに、ちょっと意地の悪い言い方をしてしまう。こんな風に話すつもりはなかったのに……。どうして素直になれないのだろう？

「なっ――そ、そんなこと……」

これに対して智也は一瞬言葉につまった。

（これ……また口喧嘩のパターンだわ……）

いつものことである。

「う……そ、そうだよ。したいよ……。さ……咲耶とせ……せせ……セックスしたい……」

＊

セックスしたい――素直な言葉を口にしてしまったことに智也は正直驚く。

そりゃ確かにしたいとは思っていたけれど、自分のことだから素直になれないと思っていたのに……。まさかここまですんなりと言葉が出るなんて……。

本当に俺は俺か⁉

なんて哲学的なことを考えてしまう自分がいた。

＊

「――ふぇっ!?」

が、返ってきた言葉はまったく予想もしてなかったものだった。

思わず硬直してしまう。

「なぁ……い……いいか？」

まっすぐ見つめてくる。

「……あ、そ、その……。か、構わないわよ。は……はは……花嫁修業だしね」

彼の視線を感じているだけで、より顔が赤く染まっていくのを自分自身でも感じながら、気がつけば頷いていた。

「じ……じゃあ……ふ……服を脱いでもらってもいいか？」

「え？　あ……それはその……。か……構わないけど……。でも、私だけ脱ぐのなんて嫌だから……智也も脱ぎなさいよね」

「あ……ああ……」

互いに互いを見つめながら、服を脱ぐ。

ワンピースのボタンを外し、ファサッと足下に服を落とした。白いブラとショーツを幼なじみの前で露わにする。すでに一度胸は見られているけれど、羞恥を覚えずにはいられなかった。

　とはいえ、下着姿になったのは自分だけじゃない。当然智也もボクサーパンツ一丁という姿になっていた。

「あんたそれ……大きくしすぎよ」

「う……うるせーよ。仕方ないだろ。あんなキスして……。それに咲耶のそんな姿を見て、大きくならない訳ないだろ！」

「……つまり私で興奮してるってこと？」

「そ……それは……。そ、そうだよ……」

　悔しげではあるけれど智也は頷く。

（私で興奮してる……智也が私で……）

　ドキドキという胸の鼓動はさらに大きなものに変わっていった。同時にどれだけ大きくなっているのか見たいという気持ちまで膨れが上がり――

「そ、それじゃあパンツも脱いで」

　気付けばそう口にしていた。

「もちろんお前も脱ぐんだろ？」

「わ……わかってるわよ変態！」

　そう言いつつブラに手をかけ、少し躊躇しつつも外す。たゆんっと剝き出しになる乳房。途端に智也の視線が胸に向く。昨日も見せたけれど羞恥を覚えずにはいられない。だが、なんだか恥ずかしがっている姿を見せたくはない。表面上は「これくらいなんでもないわよ！」といった風を装いながら、ショーツにも手をかけてこれを下ろした。

剝き出しになる薄い陰毛に隠された秘部。

それとほぼ同じタイミングで智也も下着を脱ぎ、ビョンッと硬くたぎった肉棒を剝き出しにした。

赤黒く膨らんだ亀頭を思わず見つめてしまう。

「あんたそれ……な……なんか昨日より大きくなってない？」

これは気のせいではないだろう。晒されたペニスは前回見た時よりも一回りほど大きくなっているように見えた。

「もしかして私とセックスできるから？　あはは……さすがに興奮しすぎなんじゃない？　もしかして発情期とか？」

「う……うるせぇよ！　そういう咲耶だって……それ……お前のあそこ……ぬ、濡れてるだろ！」

「——へっ!?」

幼なじみに指摘され、慌てて秘部へと視線を向ける。

視界に映った秘裂は、クパッと左右に開いていた。覗き見えるのはピンク色の柔肉。その表面は誰の目から見ても明らかなくらい湿っている。

「あっ！　こ……これは……ち、違うのよ！」

「なにが違うって言うんだよ。咲耶だってき……キスで興奮してんだろ？」

「それは……」

言い淀んでしまう。

だって事実だから。

けれどそれを認めることはできない。だから――。

「その……こ、これは花嫁修業のためよ！　ぬら……ぬぬ……濡らさないとセックスできないでしょ！　だ……だからよ！」

結局強がってしまう。

すると智也は一瞬「…………」と黙った後「意地っ張り」とか言ってきた。

「う……うるさいわね！　そんなのわかってるわよ！」

反射的にそんな言葉を返してしまう。

この答えに智也は「はぁっ」と息を吐くと、一歩こちらに近づいてきた。

「な……なによ……」

「なにってその……なんかこのままじゃ延々いつもみたいに言い争いになりそうだし。

そ……そろそろ始めるか？」

「……それもそうね」

ドクッドクッドクッとさらに心臓の鼓動が激しくなっていくのを感じた。

＊

「そ……それじゃあ来なさい」

ギシッと咲耶がベッドに横になる。

「あ……ああ……」

そんな彼女に覆いかぶさるような形でギシッと智也もベッドに上がった。

（凄い……。咲耶……綺麗だ……）

目の前に一糸まとわぬ生まれたままの姿になった咲耶がいる。

白い肌に、大きく膨らんだ胸元。背が小さいくせにキュッと腰は括れ、尻はムチッと膨らんでいる。とても美しいスタイルだった。

艶やかな曲線を描く肢体。それが呼吸に合わせて上下する様が艶めかしい。その様を見ているだけでペニスはより硬く、熱くたぎっていった。息も自然と「はぁはぁ」と荒いものに変わっていく。

「じゃあ……さ……触るぞ」

見ているだけでは我慢なんかできそうになかった。

「変態。でも、い……いいわよ」

顔を真っ赤にしながら幼なじみは頷いてくれる。そんな彼女の肢体に手を伸ばし、乳房に触れた。

「あっ」

指が触れただけでピクンッと肢体が震え、耳元がゾクゾクするような甘い声が響く。この声に促されるように、智也はこねくり回すように乳房を揉みしだいた。

「んっふ……。あんっ……あっあっあっ」

絹のように繊細で、スポンジのように柔らかな肉が指に絡みついてくる。指を食いこませるたび、柔肉は簡単に形を変えた。そうして数度刺激すると乳首が勃起を始める。白い肌に彩りを添えるようなピンク色の乳首。見て、指で弄るだけでは物足りない。

無意識のうちに智也は唇を寄せ、乳頭に舌を這わせた。

「あんんん！　ちょっ……な、なにやってるのよ！　ば……馬鹿ぁっ！」

罵り言葉をこちらへと向けながら、身体をくねらせてこの状況から逃げようと咲耶は藻掻く。ただ、本気で嫌がっているわけではないことは智也にはよくわかった。

だから遠慮することなく乳首を舌で転がし、口唇で吸う。咲耶が漏らす「んっふ……あふうう……。んっんっんんん」という甘い音色を耳にしながら肢体を舐った。

　そうして愛撫を続ければ続けるほど、幼なじみはくねくねと切なげに腰を左右に振り始める。

（あ……あそこも触っていいんだよな）

　腰の動きに秘部のことを意識せざるを得ない。いきなり触ってもいいものだろうかとわずかに迷いつつも、我慢できずに口で胸を責めながら下半身に向かって手を伸ばして、クチュウッと指先を秘部に密着させた。

「んあっ！」

　途端に、乳房に愛撫を始めた時以上に甘い悲鳴が咲耶の口から漏れる。まるで電流でも流されたかのように、ビクビクッと跳ねる身体。同時にジュワアッと膣口からより多量の蜜が溢れ出し、指先に絡みついてきた。

（こんなに濡れるなんて……。凄い……。感じてる。これって感じてるってことでいいんだよな）

　自分の手で性感を覚えている。そう考えるとなんだか嬉しくなってきた。同時にもっと気持ちよくしてやりたいとも思ってしまう。

　とはいえどうすれば女の子を気持ちよくできるのかという知識はほとんどない。良樹や他の友達と一緒に見たエッチなビデオや、エッチな本、そしてエッチなサイトの知識を総動員し、とりあえず指で花弁を擦ってみる。

「んひぁっ！　んっんふっ！　あっあっあっ」

するとと敏感に幼なじみは反応を示した。どうやらこれで間違ってはいないらしい。

ぐっちゅぐっちゅぐっちゅ――指を動かすたびに響く卑猥な音色を耳にしながら

「はぁっはぁっはぁっ……」と何度も吐息を漏らしつつ秘裂をなぞり、乳首を舐った。

「ね……あああ……。ちょっと……智也！　ちょっと！　あっあっ、わ……わった……しのは……話を……んっんっ聞きなさいよ！　とも――ともやぁ!!」

そうして愛撫を始めてどれくらいの時間が過ぎただろうか？

秘部を刺激するたびに溢れ出す愛液がねっとりと濃いものに変わってきた頃、咲耶が部屋中に響く声を上げてきた。

「な……なに？」

「なに……じゃ……ないわよ馬鹿！」

「ごめん」

「べ……別に謝る必要はないわ。ただその……」

一体なんだろうか？　なにかを言い淀んでいるような感じで、咲耶はモジモジとし始める。その姿を小首を傾げながら見つめていると、やがて幼なじみは意を決したようにこちらを潤んだ瞳でまっすぐ見つめてきた。

「そ……そろそろ……。いいわよ」

そんなことを口にしてくる。

「そろそろいい？」

「だ……だから……察しなさいよ!!」

「——あっ！」

その言葉に咲耶がなにを求めているのか智也は理解した。

「い……いいの？」

「これはその……花嫁修業なんだから……。い、いいに決まってるでしょ！」

プイッとこちらから顔をそむけつつも幼なじみは頷く。

花嫁修業——今までまったく意識してこなかったのに、なぜかこの言葉に少しだけ胸がズキッとするものを感じた。

（いや……気のせいだろ気のせい！　その……俺だってこれは執事としての仕事だからやってるわけだし。結婚して欲しくないし、セックスだってしたいけど、別に俺は咲耶のことなんか……）

などということを考えつつ、幼なじみを見つめる。

するとなぜだろうか？　ドキドキと胸がより高鳴っていった。

「どうしたのよ？」

「な……なんでもない！　なんでもないぞ！　えっと……それじゃその……い……い

くからな！」

「……い……いいわよ。ききき……来なさい」

この返事を聞くと共に聡子から渡されたコンドームをペニスに、ちょっと付け方がわからなくて迷いつつも装着すると――

「えっと……こ、ここだよな？」

グチュッと肉先を蜜に塗れた花弁に密着させた。

「んふうっ！　あ……熱い」

肉先が触れた途端、濡れた肉襞が先端部に吸いついてくる。その動きがなんだかとても生々しく、より興奮を誘われるのを感じた。

「じゃあ……い……挿入《い》れるぞ」

「いちいち言わなくてもいいわよ！　は……早くして……。恥ずかしいんだから」

「わかった」

頷きながら腰を突き出す。

「あっく！　んふううう！」

肉先が膣口をグジュウッと押し広げた。柔らかな肉の一枚一枚が、ペニスに絡みついてくるのがわかる。ギュウッと肉茎が締めつけられるのを感じた。温かく柔らかで、それでいてきつい。まだ先端を挿入しただけでしかないというのに、下半身が蕩けてしまうのではないかとさえ思った。

（これが……せ……セックス。俺……咲耶と……咲耶とセックスしてるんだ。これが咲耶の膣中《なか》なんだ！）

なんだか感動すら覚える。

正直すぐにでも射精しそうなくらい気持ちいい。

（でも駄目だ。俺だけ絶頂《イ》くなんて絶対駄目！　咲耶……咲耶にも気持ちよくなって欲しい。その……あああ……あくまでも執事としてそう思う！）

こんな状況であっても言い訳しつつ、必死に射精衝動を抑えこみながらより腰を突き出していった。

「あああ。くっる！　奥……奥まで来る！　これ……広げられる。わった……しの、な、膣中が……はぁはぁ……広げられてくみたい！　あっあっあんんんん！」

響く悲鳴にも似た声を耳にしながら、一気に奥まで肉棒を突き入れた。

「ふっぎ！　ひぎぃいいいいい！」

ズンッと肉先で膣奥を叩いた途端、幼なじみは苦しげに眉根に皺を寄せ、肢体をビクビクッと震わせる。結合部からはツツッと一筋の血が流れ落ちていった。

「だ……大丈夫か？　もしかして……い、痛いか？」

「別に……んっく……。はぁはぁ……これくらいな、なんともないわよ。あ……あんたが散々弄ってくれたおかげで、それほど痛くないわ。まぁそれでも痛いけど……」

そう言いながら笑顔を見せてくる。

「そ……そっか……」

この反応に少しだけホッとした。

「だけど……あんまり動かない方がいいか？」

「い……いえ……。多分大丈夫だと思う。智也が……はぁっはぁっ……動きたいように動きなさい。だけど……でも、そ、その前に……」

「その前に？」

「……き……」

「き？」

「キス……。し、しなさいよね。その……えっと……一応あんたはだ……はぁはぁ……旦那役なワケだし。こ……こういう時は……き、キスするものでしょ」

咲耶らしく言い方は結構きつい。けれども頬を赤く染め、瞳を潤ませるその表情はなんだか今まで見たことがないくらいに可愛らしいものに見えた。

こんな表情を見せられて我慢なんかできるはずがない。

「んふっ！」

言葉で答えるよりも早く、行動で応える。

「はむっ！　むっちゅ……。あむっ……。んちゅっ！　むちゅうう」

唇を重ね、舌を挿しこんだ。

これにすぐに咲耶も応えてくれる。性器で繋がり合いながら、唇でも繋がり合った。挿入しながらのキス——まるで全身がドロドロに溶け、一つに混ざり合っていくかのような気さえする。

そうして互いの口腔を貪るようにキスをしながら、智也は腰を動かし始めた。

ほんの少し腰を動かすだけで、咲耶の身体は大きく震える。けれども上がる声を聞く限りそれほど痛みは感じていないらしい。とはいえ彼女のことを気遣いながら、ゆっくりと腰を振る。

「ふっく！　あんんん！」

ずっちゅずっちゅという音色を結合部から響かせながら、肉槍で蜜壺をかき混ぜた。カリ首で肉襞を擦り、肉先で子宮口にキスをする。リズミカルなピストン。腰を突きこむたびキュウゥッと肉壁が収縮し、ペニスに絡みついてきた。肉棒が蕩けてしまうのではないかと思うような締めつけに、思わず射精しそうになってしまう。けれどもまだ射精《だ》すわけにはいかない。溢れ出ようとする牡汁を全力で抑えこみながら、キスとピストンを繰り返した。

腰の動きに合わせてベッドがギシッギシッと軋んだ音色を奏でる。腰に腰を打ちつ

けるたび、全身から汗が溢れ出してきた。それは「んっんっんっ……んっちゅ……ちゅむう！　もっむ……あむううっ」と突きこみの合わせてくぐもった悲鳴を漏らす咲耶も同様であり、彼女の身体からも汗が溢れ出す。二人の身体は当然濡れていった。汗によって肌がべたつく。重なる肢体と肢体が、べたつきながらくっつく感触に、より興奮を煽り立てられるのを感じた。

「はっふ……あふぁああ。お……大きくなってる。私のなっかで、智也のが……凄くお……大きくなってるのがわかっる！　んっふ……はふぁあああ……。なんかこれ……膣中……膣中を広げられてるみたいで……あっあっ……き、気持ちいいかも！　智也……智也も気持ちいい？　私の膣中で……か、感じてる？」

　気持ちいいという言葉が示すとおり痛みはかなり薄れてきているらしく、切なげな表情を浮かべながら尋ねてくる。

「ああ……。気持ちいい。咲耶の膣中――凄くいいよ」

「そう……。よかった！　んっく……あああ！　震えてる。智也の……お、おちん×ん……私の膣中でビクビクッて震えてる。こっれ……もしかして……あっあっ……んんん。射精《で》そう？　しゃ……射精しそうなの？」

「いや……まだ……」

「嘘……あっあっ……嘘をつく必要なんかなっいいわよ。射精そうなら……。いいわよ。

射精して……あああ。射精していいわ。私も……なんかこっれ……凄く……初めてなのに凄く気持ちいいから。だから……射精して……いいよ」

瞳を潤ませ、半開きに開いた口から熱い吐息と唾液を漏らしつつ、普段の咲耶からは想像もできないほど優しい声でそう言ってくれる。その姿に胸が疼くのを感じた。同時に全身が燃え上がるように熱くなっていく。肉壺に挿入したペニスが今にも爆発しそうなくらいに膨れ上がるのを感じた。

切ないほどに愛おしさが溢れ出す。

「咲耶！　咲耶ぁっ!!」

我慢なんかできなかった。

幼なじみの名を呼びながら、再び口付けすると、ベッドが壊れそうな程の勢いでタガが外れたような勢いで激しく腰を振った。

「とっもや……んっちゅ！　はむうっ！　ともやぁ！　むふっ……。あむぅ！　もっもっ……はっちゅ……。むちゅう！　くっちゅ……。ちゅれろぉ！」

この動きに応えるように舌に舌を絡めながら、咲耶も腰を振ってくる。互いに互いの性器を貪るように淫らに腰をくねらせた。

ズンッズンッズンッと膣奥を突くたびに肉先が膨れ上がっていく。射精衝動も抑えがたいほどに増幅していった。

「んっふ……あああぁ。でっる！　射精るよ！　咲耶！」

「んぷはっ！　あっあっあんんん！　い、いいわよ！　だ——射精して！　たくさん……あああ……たくさん射精してっ！」

「咲耶！　咲耶ぁああ！」

「智也！　智也ぁああ！」

互いに互いの名を呼びながら、もう一度強く抱き合い、口付けする。同時にドジュウッとこれまで以上に膣奥までペニスを突きこんだ。

刹那、視界が何度も明滅する。それと共に肉先がクパアッと口を開け、多量の白濁液を撃ち放った。

「んっふ！　はふぁああ！　で……射精てる！　あっあっ！　智也のがビクッビクッて震えて……熱いのが……熱いのがでってるぅうう！　これ……んんん。凄い！　すっごひぃいいい！　あああぁ！　くっる。私……は、初めてなのに……絶頂っく！　これ……絶頂く！　絶頂くのぉおお!!」

ゴム越しに射精を受けた咲耶が全身を震わせる。甘い悲鳴を漏らしながら、ビクッビクッと何度も肢体を震わせ、達した。

キュウウッとまるで白濁液を最後の一滴まで吸い出そうとするように、蜜壺が収縮する。その心地よさに智也の肉棒からはより多量の肉汁が撃ち放たれた。

「あっは……はぁっはぁっはぁっ……」

「はふぁあああ……」

やがて全身を絶頂後の虚脱感が包みこんでいく。何度も荒い息を吐きつつ、智也は幼なじみと見つめ合い——

「んんんん」

「むふぅうう……」

改めてもう一度口付けした。

肩で息をしながらひたすら唇を重ね続ける。

「えっと……あ……あのさ……」

やがてどちらからともなく唇を離すと、顔を真っ赤にしながら咲耶が口を開く。

「なに？」

「その……これは……花嫁修業だから言うことなんだけど……。その……あくまでも夫ができたら妻として言わなくちゃいけないことを言うだけなんだけど……」

「なんだよ？」

「その……絶対……あくまでも花嫁修業の一環としての言葉よ……」

「だからなに？」

「す……好きよ……。智也」

ポツリッと消え入りそうな声で幼なじみはそう告げてきた。

「あ……お、俺も……俺も好きだ咲耶！」

我慢できない。自分も同じように気持ちを告げ――また唇を重ねた。

伝わってくる咲耶の息づかい、体温、肌の柔らかさ――すべてが心地よく、愛おしく感じる。

（でも……これは仕事……。あくまでも執事としての仕事……。なんだよな……）

ただ、それと共に胸の痛みも感じた――

ツン5 ご奉仕エッチで調子にのらないでよッ!

チュンチュンっという雀の鳴き声が聞こえる。それと共に窓辺から射しこむ暖かな日の光の心地よさを感じながら、ゆっくりと咲耶は瞳を開けた。

視界には見慣れたベッドの天蓋が映りこむ。

(もう……朝なんだ……)

下腹部がジンジンとするものの、なんだか身体中を幸福感のようなものが包みこんでいる。とても爽やかな気分でお嬢様は身を起こし——

「ふえっ!?」

硬直した。

(あれ？　なんで？　私……ふ、服着てない？)

なぜだろうか？　裸である。普段は必ず寝間着を着て寝ているはずなのに……。

と、そこまで考えたところで、自分の隣に誰かが寝ていることに気付いた。ギギギイッと音が響きそうなくらい硬い動きで首を隣に眠るものへと向ける。

「んぁあああ……。ふぁあああああ……。よく寝た」

ちょうどそのタイミングで〝彼〟は目を覚ました。

「「——あ」」

二人の視線が交差する。

目を覚ました〝彼〟とはもちろん、智也である。

「お……おはよう咲耶」

ちょっと恥ずかしそうにはにかみながら、幼なじみはそう挨拶してきた。

次の瞬間——ボンッと咲耶の顔は爆発でもしたかのような勢いで一瞬で赤く染まる。

「こ……ここここ……このド変態ぃいいいいいい！」

気がつけば渾身の右ストレートを智也へとお見舞いしてしまっていた。

（ああもう……私の馬鹿！）

朝、智也と一緒に、彼が作ってくれた朝食を食べる。これ自体は普段となんら変わりない日常の光景である。が、咲耶は幼なじみ執事に対してもの凄く申し訳ない気分を抱えてしまっていた。

なにしろ智也の頬には赤くストレートの痕が思いっきり残っているのである。

今まで素直になれず口喧嘩したことはあったけれど、手まで出したことはなかったのに……。

心の中は申し訳なさでいっぱいだった。智也はあまり気にはしていないようだけれど、できることならば謝りたいと思う。

けれども今まで自分から謝ったことなんてほぼないので、どうすればよいかさっぱりわからなかった。

（うう……気まずいわ……）

なんてことを考えていると「昨夜はどうでしたか咲耶様」と、ニコニコ顔の聡子が姿を現した。

「そのダジャレつまらないですよ聡子さん」

「うぐっ！　れ……冷静な突っこみありがとう智也くん。で、どうだった？」

「別に……ど……どうもこうもないですよ」

「あら、智也くんのその反応。どうやら上手くいったみたいですね」

小首を傾げこちらに尋ねてくる。

「う……うう……上手くいくに決まってるでしょ！　この私が失敗するわけなんかないの！　万事上手くいったわ！」

智也に対する申し訳なさを誤魔化すため、なんだか強気に出てしまう。

「なるほど。では……処女ご卒業おめでとうございます」

「んがっ!!」

しかし、上手くいったとはそういうことなワケで――

（は、恥ずかしい……）

フシュウッと湯気が立ちそうなくらい頭が熱くなり、クラクラしてしまう。

「ですがお嬢様、それに智也くん。本当の修業の始まりはここからですよ！　一度セックスしたからといっていい気になってはいけません。本当の修業の始まりはここからですよ！　というワケでこの土日は、たっぷりエッチの特訓をしていただきます！　まずこれから行ってもらうメニューはこれです」

そう言うと聡子はどこからともなくホワイトボードを運んできた。

ホワイトボードには『ご奉仕エッチ』と書かれている。

「な……なんですかそれ？」

「なによそれは？」

「読んで字の如くです。妻として夫のために尽くすエッチをしてもらいます」

聡子はそう言うと具体的になにをすべきかを説明してくれた。

その内容は――

「そそそ……そんなことを私がしなくちゃいけないの!?　しかも……と……智也なんかにぃいい？」

と、思わず声を上げてしまうようなものだった。

「はい。よき花嫁になるためです」

「でも……だからって……」

と、思いつつも（もしかしたらこれってチャンスなんじゃ？）と思えた。

素直に謝ることはできないけれど、誠心誠意奉仕すれば申し訳ないという気持ちが伝わるんじゃ？　と思えたから。

だから――

「わ……わかった！　やってやろうじゃない！」

グッと咲耶は拳を握る。

だが――

（や、やっぱりこれ恥ずかしいわよ）

いざ自分のベッドに裸で横になった智也を見ると、もの凄い羞恥心がわき上がってくるのを感じた。

「な……なにもう大きくしてるのよ！」

すでに剝き出しのペニスは痛々しい程に勃起している。これまでも散々見てきたものだけれど、凶悪なまでに膨れ上がった赤黒い肉棒を目の前にすると羞恥を覚えてしまう。

「し……仕方ないだろ。その……こんな状況。興奮しない方がおかしいっての！　大体……咲耶のそんな格好見て、反応するなって言われても無理だよ」

しかも、今回は服装が問題だった。

なにしろ聡子によって与えられた服はメイド服だったからである。ただし、普通のメイド服ではない。やたらと面積の小さな服だった。

スカートは異様なまでに短く、少しでも動くとレースの黒いショーツが露わになってしまう。胸元は大きく開き、今にも乳房が零れ落ちてしまいそうだった。ムチッと太股にはニーソックスが食いこんでいる。女の自分から見ても扇情的な格好だった。

「あ……あんまり見ないでよ」

慌てて自分の身体を手で隠す。

しかし、そうして隠しているだけでは話は先に進まない。それに恥ずかしがっているだけでは智也に詫びることもできなかった。

(これくらいなんともないわよ！　私はその……斑鳩の次期当主なんだから！)

自分に言い聞かせてヨシッと一度気合いを入れると、昨日は智也がそうしたように、今日は咲耶が寝転がる智也に覆いかぶさるようにギシッとベッドに上がった。

「本当にいいのか咲耶？」

「あた……当たり前よ！　これも立派な花嫁になるために必要なことなんだから！

それに……こうでもしないと智也に申し訳ないし」

「え？　なんか言ったか？」

「なんでもないわよ馬鹿っ！」

「へ？　俺……なんか変なこと言った？」

なぜ怒られたのかわからないといった様子でオロオロする。

（ああ……またやっちゃった……）

謝らなくちゃいけないはずなのに、どうして自分はこうなのだろう……。

（いえ、落ちこんでちゃ駄目よ咲耶！　ここは智也を喜ばせることで挽回しましょう）

「別になんでもないわよ！　じ……。じゃあ始めるからね！」

そう宣言すると共に顔を真っ赤に染めながら「んちゅっ」と智也にキスをした。もちろん口付けは一回だけでは終わらない。二回、三回、四回と繰り返す。そうして何度かキスをした後、今度は舌を挿しこんで口内をまさぐった。

「んっじゅ……ふじゅっ！　むっむっ――むじゅううっ……。もっふ……あむう」

こちらの舌の動きに合わせて智也も舌を動かしてくれる。舌と舌を絡め合わせると、それだけで全身から力が抜けそうなくらい気持ちよくなってしまう。

（キスってなんでこんなにいいんだろう？）

唇と唇を重ねているだけなのに、なんだか身体中が——特に秘部が——ジンジンと熱を持っていく。ジュワアッと愛液が溢れ出していくのが自分でもわかるくらいだった。このままいつまでも口付けを続けたいと思ってしまう。だが、今回の目的はあくまでも智也を気持ちよくさせてやることにある。自分だけが感じるわけにはいかなかった。

「んふっ……そ……それじゃあ……たっぷり気持ちよくさせてやるわ……。えっと……ご……ごご……ご主人様……」

唇を離すと顔を真っ赤にしてそう告げる。

「ご……ご主人様!?　って、ね……熱でもあるのか咲耶？」

「違うわよ馬鹿！　聡子にそう言えって言われてるの！　だから絶対に勘違いするんじゃないわよ！　じ……じゃあいくからね」

膨れ上がる羞恥——それを誤魔化すように、咲耶は唇を唇にではなく、智也の胸に

「くちゅうっ」と密着させた。

「んれろっ……。んっふ……れろぉおお……」

そのまま舌を伸ばし、幼なじみの胸を舐める。レロッレロッレロッと胸板を舌先でなぞった。

（ちょっとしょっぱいかも……）

今日は少し暑い。このため、わずかだけれど智也の身体は汗ばんでいるようだった。塩気を含んだ味が舌先に伝わってくる。不快な味ではない。それどころかこれが智也の味なのだと考えると、もう少し味わってもいいかも知れないとさえ思えた。

「ちゅれろっ……ふっちゅ……むちゅれろぉ……。んっんっ……はじゅうう……」

胸だけでなく智也の身体全体を舌でなぞっていく。

「うあっ！　すっご！　ってか……こんな……だ……駄目だって。汚い！　汚いから！　その……ちょっと汗掻いてるし！」

「んちゅろっ……。い……いいのよ。こ……こうひろって……はちゅっ……んふうっ……。聡子に言われてるんだから。だから……智也は黙って……れろっれろっ……わ、私に舐められてればいいの！　しょれとも……もひかひて……気持ちよくない？」

ちょっと不安になってしまう。

「そ……そんなことない。気持ちいいよ」

「しょう……。なら駄目とか言わないで、素直にもっとしてって言いなしゃいよね！」

「わ……悪い」

「謝る必要なんかないわよ！　んっちゅ……ちゅろぉ」

なぜこうも挑戦的になってしまうのか……。

そんな自分を反省しつつ、さらに舌を蠢かせて智也の身体全体を舐めていく。身体だけでなく二の腕を舐め、首筋に何度もキスをした。腰を舌先でなぞり、そのまま脚にまで舌を這わせていく。

「んっじゅ……もぽっ！　んぽっんぽっんぽぉ」

ただ太股や膝を舐めるだけではなく、足の指を一本一本舐めしゃぶっていく。これに再び智也が「ちょっ！」と声を上げたけれど気にしない。

（その……これは殴っちゃったお詫びだし。それに……仕事だし……。だから、これくらいするのは当然だし……。だけど、別にしたいからしてるわけではないんだからね！）

やっぱり心の中は言いわけである。

そうして足の指を唾液塗れにした咲耶は次に——勃起した肉棒に舌を這わせる。

（やっぱりこれ……凄く生臭い。それに……）

「もう汁が出てるわね。身体舐められただけでこんなに濡らしちゃうわけ？　智也ってやっぱりとと……とんでもない変態ね」

「そんなこと言われたって仕方ないだろ！」

恥ずかしそうに頬を赤らめる幼なじみの姿――変態と言葉では言いつつも、その姿を見ていると嬉しくなってしまう。自分の愛撫で智也が感じてくれたのだ。もっともっと気持ちよくさせてあげたいという気持ちが膨れ上がる。

「変態……んれろっ……ふむう……はあっはあっ……もっぷ。もちゅっ……もぼっ！　もっもっもほぉおお……。もじゅう……。じゅっぽじゅっぽじゅっぽ」

その想いのままに口を開き、ただ舐めるだけではなく肉棒を咥えこんだ。そのまま口唇で肉茎を締め上げつつ、顔を上下に振ってペニスを扱く。下品な音が響くことも厭わずに肉茎を擦る。すると一扱きごとに肉槍はムクムクと膨れ上がっていった。

「んっぽ……はぁはぁ……だ、だいぶ大きくなったわね。そ、それじゃあ……こんなこともしてあげるわ。か……かか……感謝しなさいよね！」

そう言うとメイド服の前ボタンをいくつか外し――胸の谷間で肉棒を挟みこむ。すっかり唾液に塗れた肉槍はヌチュウウッとあっさり柔肉の海に沈みこんできた。

「あっ！　これ……やばい。柔らかくて絡みついてくる……。だ……駄目だ。射精《で》る。こんなのすぐ射精ちゃうから駄目だって！」

「いいわよ射精《だ》してもほら……射精したいなら射精しなさいよね！　んっんっんっんっんんん！　ふっちゅ……むちゅっ！　んちゅううっ」

乳房全体で挟みこんだ肉棒を扱きながら、肉先にキスをし、舌を這わせる。ペロペ口と舌で肉先秘裂をなぞり、口唇を押しつけてチュッチュッとキスをすると、亀頭は今にも破裂してしまうのではないかと思うくらいに膨れ上がっていった。膨張と共に肉棒全体が痙攣するように震え始める。今までの経験から射精が近いことはすぐに理解できた。

「もっじゅ！　ぶじゅぼっ！　んぼっんぼっんぼっ！　ほ……ほりゃ……れろれろっ……くちゅるっ……んじゅるるるぅ。がまんしゅるひちゅようなんかないかりゃ、は……はやくだひなしゃいよにぇ！」

肉棒を咥えこみ、上目遣いで幼なじみを見つめる。

「あああ！　駄目だ！　射精るっ！　咲耶——これ、射精る！」

「だひて！　んじゅっ！　はむうぅ……ちゅっちゅっちゅれろぉおお！」

これまで以上に舌を亀頭に這わせながら、強く肉茎を挟みこむ。

刹那——

「くあぁああ！」

激しく肉棒は痙攣を始め、多量の肉汁を撃ち放ってきた。

「あぶあっ！　むっぶ！　はむううっ!!」

ビュッビュッビュッと噴き上がる肉汁が、咲耶の顔をぐっちょりと濡らす。その量は尋常ではなく、まるで精液でパックでもされたんじゃないかと思うくらいに、顔は白濁に染まった。

「あっふ……はふぁあああ……。あ……熱い……。熱くて……臭いのがこんなに……。はぁああああ……」

べたべたと肌にまとわりつき、噎せ返りそうな程に臭い。本来であれば耐えがたいような状況だった。

なのになぜだろうか？　不思議と不快感は感じない。ツッと頬や鼻から肉汁を垂れ流しながら、うっとりと熱い吐息を漏らした。

「あ……す、すまない咲耶！」

慌てたように智也が謝ってくる。

「ま……まったくよ。こんなに私の顔を汚して……。ほ、本来だったら絶対に許されないんだからね！　だけどでも……その……はぁはぁ……今日は花嫁修業中だから大目にみてやるわよ……。でも……これ……凄く濃いわね……」

指で肉汁を拭い、マジマジ見つめた。汁なのに弾力を感じる。まるでゼリーだ。臭くて、本当に不味そう。

（でも……なんで？）

本来ならば不快であるはずの感触と匂いなのに、これが智也のものであると考えると、なぜか喉が渇いてくる。これを舐めたいと本能が訴えかけてくるのを感じた。

（男って飲んであげたりすると喜ぶのよね？　その……花嫁としてそういうことも頑張らなくちゃ。そう……あくまでも花嫁として！）

言い訳のように心の中で繰り返しながら――

「ハムッ！　むっちゅ……。あむあっ！　んむうう……」

絡め取った精液を舐めた。しかも、一回だけではない。顔にこびりついた汁を最後の一滴まで舐めしゃぶっていく。

「あっふ……はぁっはぁっはぁっ……。んぐっんぐっんぎゅう……。はふぁああ……。これ……やっぱ凄く不味いわ……。けぷっ」

決して美味しいとは言い難い。それどころか味覚が痺れてしまいそうなくらい不快な味だった。なのになぜだろう？　身体の中に白濁液の生温かさが広がっていく感触に、なんだか幸福感さえ咲耶は覚えてしまっていた。

「さ……咲耶……」

「なによ……って、射精したばっかりなのになんでこんなに大きくしてるのよ！」

こちらを見つめる幼なじみの肉棒が、射精したばかりであるはずなのに痛々しい程に屹立していることに気付く。

「なんでって……咲耶がなんかエロいから」

「え……エロいとか言うな！　というか、射精したのにこんなに硬くするなんて……

ほんっとあんたって性欲の固まりね！　性欲魔神よ！」

「そ……そんなこと言われたって仕方ないだろ。咲耶を見ていたら我慢できなくて」

「私を見ていたら……」

ドキッとした。そしてちょっと嬉しさを感じる。

同時にこのペニスが欲しいと思ってしまった。膣奥まで肉槍で貫かれたいと本能が訴えてくる。

「ま……まぁ仕方ないわよね。私が可愛すぎるのが悪いか……。ふふ、仕方ないわね。それじゃあ……は、花嫁として智也のちんぽ……私が満足させてやるわよ！」

けれども自分から欲しいなんて絶対に言えない。あくまでもこれは修業の一環であることを強調しながら、咲耶はスカートの中に手を突っこんでショーツを下ろす。

（う……ぐちょぐちょ……）

下着はまるでお漏らしでもしたみたいにぐっちょりと濡れていた。なんだか恥ずかしくて智也に気付かれないようにベッド下に放り投げると、最初にコンドームをペニスに着け、何事もなかったように幼なじみの身体の上にまたがった。

「咲耶？」

「今日はその……奉仕だから……。わ、私が上になってあげるわ。って、聡子に言われたからそうするんだからね！　それを忘れるんじゃないわよ」

「も……もも、もちろん！」

「いい返事よ。それじゃあ……いくわね」

聡子から教わった騎乗位のやり方を頭の中で反芻しつつ、ソッと肉棒を握ると、先端部を膣口に添えた。グチュッという音がする。反射的に「あんっ」と恥ずかしい声が漏れてしまった。

（ああ……なにこれ……。き……気持ちいい？）

セックスするのはこれでまだ二度目でしかない。だというのに、ペニスが触れただけで腰が砕けそうになるほどの心地よさを咲耶は感じていた。触っただけでこれほど気持ちいいものを実際挿入したらどれだけの快楽を感じてしまうのだろうか？　正直恐ろしささえ感じた。

だが、ここで止めるわけにはいかない。

（だって……これは斑鳩のためにしなくちゃいけないことだから……。別に……私が欲しいわけじゃない。家のためなんだから！）

自分に言い聞かせながら腰を下ろしていった。

「んんん！　あっ……は、挿入《はい》ってくる。あああ……すっごい！　これ……なんか……き、昨日より大きくなってるみたいに感じる。あっあっあんんん」

ズブズブと膣中に肉槍が挿入ってくる。まるで身体の中に巨大な杭を穿たれていくような錯覚さえしてしまう挿入だった。肉壁がペニスによって無理矢理押し広げられていくかのようにさえ感じる。だからといって苦しかったり痛かったりするようなことはなかった。それどころか身体の中の足りなかった部分を満たされていくような気さえする。

「んっひ……あっあっ……。すごい。こ……これ……き、気持ちいい……」

感じるものは間違いなく性感だった。

やがて肉先がズンッと膣奥を叩く。

「んっひ！　あっあっ——んっんっんんんんん♥」

刹那、一瞬目の前が真っ白に染まった。ビクンッビクンッと全身が震え、キュウッと膣壁が収縮していく。ジュワアッと愛液が結合部から溢れ出した。

「え？　咲耶？　も……もしかして……絶頂《イ》ったの？」

「ふぇ？　あっふ……はぁはぁはぁ……。ば……ばば……馬鹿なこ……と……んんんん……い、言わないでよね。た、ただ挿入《い》れただけで絶頂くわけないでしょ！　ほ……本番はここからなんだからぁ！」

正直言うと達してしまっていた。けれどもそれを認めるのは悔しい。ので、明らかに声は肉悦に蕩けてしまっているけれど咲耶は性感を否定すると、

「あ……あんたこそ……す、すぐに絶頂ったりし……ないでよ！」

そう言って未だ残る絶頂感にヒクヒクと肢体を震わせながらも自ら腰を振り始めた。

「ほら？　ど……んっんっんんんん！　どう？　き、気持ちいい？」

淫らな舞いでも舞っているかのように腰をくねらせながら、肉壁をキュウッと収縮させてペニスを締め上げる。途端に肉壺からはダラダラと唾液のように多量に愛液が溢れ出し、智也の下腹部を濡らした。

「ああ……。いいよ！　凄くいい！」

「そう……。だったら……い、いつ射精したって構わないからね！　智也みたいな変態には多分……が……あっあっ……我慢できないだろうから。だから……ホント……んんん……いつ絶頂ってもいいわよ」

自分が上で腰を振っているからだろうか？　なんだか智也を犯しているような気さえする。そのためか、口から出る言葉はなんだか彼を挑発しているようなものになっていた。

（こんな……こんなに気持ちいいなんて……。嘘……。んんん。だっめ……あ、これ……すごい。ああ……よすぎる。おちん×んで膣中《なか》を……お……おま×こを擦られるの……感じすぎるぅ♥）

ただ、そうして表面上は余裕ぶってみせるものの、実際はいつ絶頂ってもおかしくないくらい感じてしまっている。腰をくねらせるたびに、チカッチカッと強すぎる快楽によって視界が明滅した。

「はっふ……あふあっ！　ハッハッハッハッハッ……」

断続的に熱い息が漏れる。ズンッとペニスが膣奥に当たるたび、意識が飛びそうになるほどの性感が全身を駆け巡っていく。

（でも、駄目よ……。と……智也より……。あっあっ♥　智也より先に絶頂くなんてだっめ！　こ……これは……んっんっ……ほ……奉仕の練習なんだから……。奉仕してる私が先に絶頂くなんてあっちゃ駄目でしょ。それに……）

智也には気持ちよくなってもらいたい――あ、あくまでも花嫁役として――だというのに、強まる快楽を抑えられない。ぐっちゅぐっちゅとピストン音を響かせるたびに、抑えがたい程に性感は増幅していった。溢れ出す愛液が糸を引くほど濃厚なものに変わっていく。半透明だった液体が、白く濁り始めた。同時にムワッとした発情臭が室内全体に広がっていく。

「絶頂きそうなのか？」

この反応は当然幼なじみにも気付かれてしまう。

「ち……違うわよ！」

それでも必死に首を横に振り、肉悦を否定する。

「嘘……はぁはぁ……嘘なんかつくなよ！　絶頂きたいなら我慢する必要ない。ほら、絶頂けって！」

だが、そんな咲耶を責め立てるように智也が腰を振り始めてきた。

「ふひぃいっ！」

ズンッと下から子宮口を抉られる。ブルンッと激しく乳房が上下に揺れた。一瞬意識が飛びそうになる。が、それでも絶頂だけはなんとか抑えこんだのだけれど——

「ほら……絶頂けって！　咲耶！　絶頂っていいから！」

突き上げは一度だけでは終わらなかった。ズンズンズンッと繰り返し幼なじみが腰を振ってくる。

「だっめ！　馬鹿！　こっれ……あっあっあっ……こっれは、私……んんん！　私の仕事なのにぃ！　馬鹿！　駄目よ！　んっんっ！　ふっひぃいい！　こっれ、これ以上はだっめ！　あああ。絶頂っく！　絶頂っちゃうから！　絶頂っちゃうからやっめ……止めなさいよぉ！」

何度も止めてくれと訴えるのだが、智也は「絶頂っていいよ！　咲耶の絶頂くところを俺に見せて！」とまるで腰を止めてはくれない。それどころかこちらが訴えれば訴えるほど、激しく腰を上下させ、膣奥まで肉棺で抉ってくる。それでも「絶頂かない！　わったひは、いがない！　智也よりしゃきに絶頂ったりしにゃいぃいい！」と、耐え続ける。

だが、止めとばかりに子宮口に肉槍を押しつけられた瞬間――

（あ――これ、だ……駄目！）

張り詰めていた糸が切れるのを感じた。

「だっめ！　あああ！　駄目……。駄目駄目駄目だ！　だっめ、なのに……ふっひ！　んひぃいいい！　こっれ……私……わったひぃいいい！」

絶頂感を抑えこんでいた堤防が決壊する。

「いっぐ！　いぐの！　いぐいぐいぐっ――いぎゅぅううう♥♥♥」

性感が弾けた。

先程達した時以上の快楽が全身を包みこんでいく。脳髄までも蕩けてしまいそうな程の快楽に溺れるように「はっふ！　あっ♥　あっ♥　あふぁあああ♥」長い長い吐息を咲耶は漏らす。

「くっ！　で、射精るっ!!」

この絶頂によって引き締まる肉壷。それによって智也が限界を伝えてくる。

「あっふ……ら……らっめ……。いまは……いまはらめぇええ！」

「む……無理！　もう……で……射精るっ！　くぁあ！」

駄目だと訴えても智也は止まってはくれず、ドクドクと白濁液を撃ち放ってきた。

「ふっひ！　震えてる。なっかで……わったしの膣中で――智也のがビクビクッて震えてるぅうう！　あああ！　こっれ……また、また来る！　私……絶頂ってる。絶頂ってるのにまった、またぁっ！」

　肉壁にペニスの脈動が伝わってくる。同時にコンドーム越しではあるけれど熱いものが胎内に広がっていくのを感じた。この熱気が愉悦に震える肉体にさらなる性感を刻みこむ。

「絶頂く！　わったし！　ひっひっひぁああ！　絶頂きながら！　いぎながらいぎゅの！　これ……きもぢよずぎで、いぎゅううう♥♥」

　絶頂に重なる絶頂——何度も何度も咲耶は肢体を震わせた。

　身体中から力が抜けていく。起きていることもつらくなり、ぐったりと咲耶は上半身を智也の身体に預けた。

「はぁっはぁっはぁっはぁっ……」

　二人で何度も肩で息をする。

「ね……ねえ……。き、気持ちよかった？」

「ああ……凄くよかった」

「そっか……はぁー♥　はぁー♥　はぁー♥　ふふふ……」

　自然とホッとする。智也のためになれた。そう思うと嬉しく、気付けば彼に「チュッ」と優しく口付けしていた。

ただ、時間が経って正気に戻るとそんな自分が恥ずかしく――

「そそそ……そういえば智也！　よ……よくも私が駄目って言ってるのに勝手に腰を動かして、その上駄目って言ってるのに射精までしたわねえ！」

いつもみたいに怒鳴ってしまう。胸の中には嬉しさを抱えたまま……。

（ああもう！　なんでこうなっちゃうのよ！）

そんな自分がなんだかとてももどかしかった。

＊

一日は長い。

たっぷりエッチしてもらいますという聡子の言葉通り、智也は何度も何度も繰り返し咲耶とセックスをすることになった。

朝やったように咲耶が奉仕してくれることもあれば――

「妻として夫の愛撫を受け入れるのも大事なことですよ」

というワケで智也が咲耶に対して繰り返し愛撫をすることになったりもする。

「あ……あああ……あんまり見るんじゃないわよ！」

屋敷のソファに座った咲耶が顔を真っ赤にしながらそう命じてくる。まぁ彼女が恥ずかしがるのも無理はないだろう。

なにしろ彼女が着用することを許されているのは、下着だけだったからだ。しかも下着とはいっても上半身は乳房が透けて見えるほど薄いピンク色のネグリジェであり、下半身はちょうど秘裂の部分がぱっくりと開いたピンクのショーツである。そんな状態でソファで大きく脚を左右に開く。この状況、羞恥を覚えて当然だろう。見るんじゃないという咲耶の言葉も当然だ。

ただ、だからといって視線を外すことはできない。

(これが……さ、咲耶のお……おおお……おま×こ？　凄い……。こんな、ここって……こんなに綺麗だったんだ。それになんだか凄くエッチな感じがする。やばい……これ……なんか見てるだけで……またち×こが……やばいって)

脚を左右に開いたことでクパッと開いた花弁をじっと見つめる。ピンク色の柔肉がゆっくりと蠢く様が艶めかしかった。見てるだけで肉棒は勃起を始める。

「あれ？　見てるだけなのに濡れてきた？」

しばらく肉棒を硬くさせたまま見つめ続けていると、ヒダヒダの表面がゆっくりとではあるが湿り気を帯びていくのがわかった。

「ば……ばっか！　そ、そそそ……そんなわけないでしょ！　こんな……見られただけで濡れるとか！　あ……あり得ないし！」

「でも……やっぱこれ……濡れてるぞ」

手を伸ばしてグチュッと触れる。

「んあっ」

指先に湿った感触が伝わってきた。

「ば……馬鹿！　ちち……違うわよ！　それは違うの！」

焦ったように否定を繰り返してくる。顔を真っ赤にしてアワアワとする咲耶――なんだかとても可愛らしく見えた。ちょっと虐めたくなってくる。

「なにが違うんだよ？　こんなに濡れてるくせに」

だから咲耶を責め立てるように、花弁の一枚一枚を指先でなぞり上げていった。

「うっそ！　嘘なんか……あっあっ……っ、つくんじゃないわよ！　濡れてない！　ふっひ！　んひんん！　濡れてないっていったら……んっんっんん！　はぁっはあっはぁっ……ぬ、濡れてな……いんだからぁ」

指を蠢かせるたびに肢体を震わせ、嬌声を漏らしながらもまだ認めようとはしない。

「……こうされてもまだそんなこと言えるか？」

なんだか意地でも性感を認めさせてやりたくなってくる。本能の赴くまま幼なじみの秘部に唇を寄せると、直接花弁に舌を這わせた。ムワッとした生々しい匂いと、少し塩気を含んだ味が伝わってくる。それがより智也の興奮を刺激した。

「な！　き……汚い！　そんなとこ汚いから！　駄目よ！　だ――ふひいいっ！　ひっひっ……んひんんん！」

咲耶がなにを言ってきても気にせず、まるで餌用トレーに顔を突っこんだ犬みたいな勢いでひたすら咲耶のあそこを刺激し続けた。

「汚くないよ。大体、そうは言うけどホントに止めていいの？　気持ちいいんだろ？」

肉襞に舌を這わせ、クリトリスに口付けするたびに、甘い悲鳴を上げながらビクビクと電流でも流されたかのような反応を幼なじみは見せてくる。溢れ出す愛液量も増えているという現状。咲耶が性感を覚えていることは誰の目から見ても明らかだった。

「きも……きっも……んっんっ……んふー。んふー。んふー。き……もち……よ、よくなんっか、ないっわよ！　あっあっ！　感じない！　わったしは、ほ……んとに……ふっひ……はぁはぁ……んひんんん！　か、感じてなんかいないんだからぁ！」

それでも咲耶は性感を否定し、

「だから！　んんん！　だからもうや……止めなさいよね！」

などということまで言ってくる。けれどももちろん聞き入れるつもりはない。

「止めて欲しかったら素直になればいい。気持ちいいって認めるなら止めてやるから」

「認める？　そ……そんなことするわけないでしょ！　き……もちよくなんかないし、なりっこ……あっあっ！　な、いんだからぁ！　だからもう止めてぇ！」

「そっか……じゃあもっとしてやるよ！　素直になるまでやってやる！」

拒絶されればされるほど、舌の動きをより激しいものに変えていく。

そのおかげか——

「みっと……んんんん！　みっとめ……認める！　あっあっあっ♥　認める……から。んんんん！　気持ちいい。かんじってるから！　だから……あっあっあっ♥　だっからこれ以上はもう……し……しないで！　絶頂っちゃう！　絶頂っちゃうからもう止めてぇ♥」

ついに限界を素直に伝えてきた。

「そうか……なら、絶頂けばいい。ほら……絶頂けよ！　絶頂けって！」

それでも舌を止めるつもりはない。咲耶が絶頂くところを見たかったたし、咲耶を達するくらい気持ちよくさせてやりたかったから。

「どうして？　なんってでよぉ！　認めた！　認めた！　認めたのにぃ♥」

抗議の声を向けられても気にしない。ひたすら——ただひたすら秘部を刺激し続けた。

そのおかげかついに——

「もう……あああ！　駄目！　いっぐ！　いぎゅっ！　いぎゅいぎゅいぎゅいぎゅっ——ふっひ！　いぎゅううっ♥♥♥」

ビクビクッと幼なじみは絶頂に至る。肢体を震わせながら、甘い悲鳴をリビング中に響かせた。

その上余程気持ちがよかったのか、じょぼっ、じょぼろろろぉっと失禁まで始める。

「ひっ！　嘘！　も……漏れてる！　うしょお！　おしっこ！　おしっこ出ちゃってる！　やだ……やだぁああ！　恥ずかしい。こんなのはっずか、し……はぁはぁ……すぎる！　でも……なんで？　あああ……気持ちいい。どうしてぇ？　おしっこ……おしっこまで気持ちいい♥　いいのぉ♥♥♥」

黄金水を漏らしながら、幼なじみは何度も肢体を震わせ続けた。漏らしているのは尿である。だというのに、なんだかとてもその姿が美しく見えた。

綺麗で可愛く淫らな姿に興奮は当然のように極致に達し、そのまま智也は愉悦に震える幼なじみと正常位で繋がり合った。

ただ、そのおかげで身体中が汗とおしっこに塗れてしまう。

というワケでお風呂に入ることになったのだが――

「あ……あんたの身体……私が洗ってあげるわ……」

浴室には咲耶まで入ってきた。

ちなみに咲耶の姿は裸ではなく、なぜかスクール水着である。胸元に書かれた『いかるが』の文字が大きな乳房のせいで横に伸びている。

「え？　なんで!?」

さすがに驚いてしまった。

「なんでじゃないわよ！　もちろん聡子に言われたからに決まってるでしょ……。その……智也は私のせいで汚れちゃったわけだから……。あああ……あんたの自業自得なのにね！　まったく！　でも……これも花嫁修業の一環だって言うし、素直に私に洗われなさいよね！」

そう言うと咲耶はスポンジを手にとって泡立てると、自分の身体に塗りたくり始めた。すぐにスク水に隠された肢体が泡塗れとなる。

「な……なにする気？」

「聡子がこうやって洗えって言ったのよ」

質問に対して顔を真っ赤にしながらそう答えると、咲耶は背中からこちらの身体を抱き締めてきた。グニュッと大きな胸が押しつけられる。この感触だけでも射精してしまいそうなくらいの心地よさを覚えた。

「んっふ……ふうっふうっふうっ……」

身体をくねらせる咲耶の甘い吐息が耳に届く。ヌルヌルとした柔らかな感触と、こそばゆい息——それらを感じているだけで、すぐに肉棒はムクムクと大きくなっていく。

「なに大きくしてるのよ……。このスケベ」

「そう言われたって仕方ないだろ！」

「……ま、まぁ男ってそういうものみたいだしね……。それに……大きい方が洗いやすいかも」

そう言うと咲耶は背中から手を伸ばし、ペニスを摑んできた。そのまま泡塗れの手でシュコシュコと擦ってくる。

「くああっ！　すっげ！」

泡に塗れているためか、普段よりもヌルヌルとした感触が伝わってくる。すぐ射精てしまいかねないくらいの興奮を覚えた。けれどなぜかそれが凄く勿体ないような気がする。こういう機会は滅多にないわけだし、もっとエッチなことをしてみたくなってきた。

「あ……あのさ……ちょっといい？」

「なによ？」

だから咲耶にしてもらいたいことを告げる。こういう時は素直になれる自分がちょっと情けなかったけれど……。

「なっ！　ど……ド変態！　ばっか！　あほ！　エロスっ！　あああ……あんたそれ本気で言ってるわけ？」

「や……やっぱり駄目かな？」

さすがにちょっと要求の難度が高すぎただろうか？　などと心配はしたものの、

「……い……いえ……いいわよ。その……これも花嫁修業だし。そ……それくらいやってやるわよ」

意外なことに咲耶はこれを受け入れてくれた。

そして——

「ホントにこんなのがいいの？」

「うあっ！　やべっ！　き……気持ちいい……」

智也は立ち上がると咲耶の背後に立ち、その泡に塗れた脇でペニスを挟んでもらった。むにゅっと柔らかな肉の感触と、心地いい締めつけがいい。これに関してはド変態と言われても仕方ないなと思いながらも、うっとりと瞳を細め、脇の感触に酔いしれた。

「ち……ちょっと動いてもらってもいい？」

「動くって……こ、こんな感じ？」

「うああ！　そ、それ！　やばい。すげぇいい！」

脇をキュッキュッと締めたり緩めたりしながら、身体を揺らしてペニスを擦ってくる。

「さすがにちょっと気持ち悪いわよ」

じとっとした目で睨まれてしまう。が、それでも咲耶は行為を止めようとはせず、繰り返しペニスを扱いてくれた。

「んっんっんっんっんふぅうう……。はぁっはぁっはぁっ……」

動くたびにより頬を上気させ、さらに吐息を熱くしながら……。

そんな姿に一瞬でペニスは限界を迎える。

「も……もう射精るっ！」

「――へっ⁉」

射精衝動を抑えこむことができず、一気に智也は肉汁を撃ち放った。

「あっ……す、凄い……。こ、こんなに射精た……。はぁあああ……」

溢れ出した肉汁が咲耶の胸元にこびりつく。濃紺のスク水の上を垂れ流れていく白い液体――そのコントラストがとても淫靡だった。

幼なじみも同様の感想を抱いているのだろうか？　零れ落ちていく肉汁を見つめ、うっとりと息を吐く。

どこか潤んだ幼なじみの瞳に見惚れてしまう。けれどもすぐに首を左右に振って、視線を幼なじみから逸らした。

（咲耶！　咲耶だぞ！　咲耶なんかに見惚れるなんてどうかしてる……）

そんな風に素直でない自分が思う。

だが――

（でも……やっぱり、可愛いよな……）

ドキドキと胸が鼓動するのを感じた。

＊

「それじゃあ……。お風呂に入って綺麗になったところで、今日の仕上げとして二人にはアナルセックスをしてもらいます」

浴室から出ると、聡子にそう命じられた。

なので現在咲耶は自室のベッドの上で四つん這いになり、智也に対して腰を突き出していた。服は身に着けていない。全裸である。当然尻や秘部も丸見え状態だった。

（や……やっぱりこれ……おかしいでしょ？　というか無理……。無理無理無理無理無理。お尻でなんて絶対無理だから！）

あっさり聡子の言葉を聞いてしまった自分を今さら恥じる。ただセックスするわけではない。お尻の穴でするのだ――そう考えると、それだけで気絶してしまいそうなくらいの羞恥を覚えてしまう。

「や……やっぱり止めておく？　お尻でなんて嫌だよな？」

するとまるでこちらの気持ちを読んだかのような言葉を智也が向けてくれた。なんだか自分のことをわかってもらえているような気がして嬉しい。

「は？　そ……そんなことないわよ！　私は斑鳩の次期当主よ！　お……おおお……お尻でくらい簡単にできるんだから！　それともなに？　もしかして智也……お尻で私を気持ちよくできる自信がないわけ？」

だというのに気付けば彼を挑発してしまっている自分がいる。

（あああっ！　もうどうしてこうなのよ!!）

どうしても智也の前だと背伸びしてしまう。幼なじみの前ではどんな時でも立派な主でいなければならない――そう思う気持ちが強すぎて、気付けばこんな態度をとってしまう。そんな自分がもどかしかった。

「ほら……どうなのよ」

だが、心の中でどう思おうと表面の態度を変えることができない。結局挑戦的な視線を向けてしまっていた。

「なっ！　そ……それくらい簡単だっての！　人が心配してやれば！」

「心配なんかいらないわよ！」

「だったら――好きなようにやらせてもらうからな！」

「もちろんそれで構わないわ！　来なさいっ!!」

構わないはずない。お尻でなんてできるはずない――でも、自分からさらに尻を突き出してしまう。

智也はこれに応じるように尻に顔を近づけてきたかと思うと、一瞬躊躇する素振りを見せつつも、チュッと臀部に口付けしてきた。

「んひっ！」

普段であれば決して感じることのない刺激に、反射的にビクッと肢体が震える。幼なじみ執事はこちらのそんな反応を確認しつつ、チュッチュッチュッと繰り返し唇を尻に密着させてきた。

そうして何度も臀部を刺激した後、手でクパッと尻を左右に開いてくる。当然のように肛門が剝き出しになった。

(見られてる……。お尻……。私のお尻の穴を見られちゃってる……。は……恥ずかしい。恥ずかしすぎる)

人として最も恥ずかしい場所に視線を感じる。頭がどうにかなってしまいそうだった。

しかも、当然見るだけでは終わらず、智也は容赦なく肛門にまで口付けをしてくる。

「あひあっ！」

肛門に温かな唇が押しつけられるのがわかった。

「ちょっ！　う……嘘でしょ！　汚い！　そんなところ汚いわよ!!」

「……べ……別に汚くなんかないっ！　あ、いや……その……さっき風呂に入ったばかりだしな。それに……聡子さんから聞いたんだけど、お尻でする前にはしっかり解さないといけないらしいし」

「だ……だからってこんなこ——ふひんっ！」

抗議の声を上げるのだけれど、その途中であっても智也は容赦なく肛門に対する愛撫を行ってきた。

肛門に繰り返されるキス。それだけでは終わらず、舌を伸ばして尻穴周辺を舐め回してもきた。それどころか、ついには肛門の中にまで舌を挿しこんでくる。

「ふっひ！　そ……そんなの……そんなのだっめ！　んひんんん！」

本来、排泄するためだけの器官に異物が挿入される。これまで感じたこともない感覚に咲耶は身悶えた。

「や……やめ！　止めなさいよ！　んっふ……駄目。そんな……お尻の中を掻き回すなんて……んっふ……お、おかしいわよ！」

「そう思うなら逃げればいいだろ？」

「それは……」

確かにその通りだ。別に自分は拘束されているわけではないのだから……。

だというのに、なぜか逃げようという気分にはならない。

「に……にげ……逃げるなんてできるわけないでしょ！　これはその……い……斑鳩

にとってひ……んっんっ……必要な行為なんだから！」

「だったら俺だって執事としてやるべきことをやってるだけだよ」

こうなってしまうと逃げることも、行為を中断させることも不可能だった。

「あふあっ！　お尻……ひっひっひぉおお！　お……し、り……お尻の中がぐしゃぐしゃになる」

されるがままに直腸をかき混ぜられる。気がつけば肛門周りが唾液でネトネトになるくらいに……。

「これだけ濡れてれば大丈夫だろ。よし！　それじゃあ挿入れるぞ。ほ……本当にいいんだな？」

ぐっしょりと唾液で肛門が濡れているのがわかる。すっかりふやけているといっていいだろう。だが、だからといって尻にペニスが挿入るような気はしない。やっぱり怖かった。

「ももも……もちろんよ！」

けれども強気に出てしまう。どうしても智也に弱味を見せることができなかった。

「わかった。じゃあ……いくからな！」

「ふひっ！」

グチイッと肛門に巨棒が押しつけられる。これまでも何度も感じてきたペニスの熱気が、菊門に直接伝わってくるのを感じた。思わず全身を強張らせる。が、これはまだ始まりにすぎず、智也は容赦なく腰を突き出してきた。

「ふほっ！　おっほ！　おっおっ――んぉおおおお！」

肛門が肉棒によって拡張されていく。

「うっそ！　おおお！　挿入って！　ほ、ほんっ……ほんっとに、は、挿入って……おっおっ、挿入ってきった！　んほぉおおお！　おっしり……わだひのおじ……おお！　おじりに大きくて硬いのがはいってきたぁああ！」

挿入に合わせてビュッビュッと結合部から腸液が溢れ出す。下腹部に異物感が広がる。体内が火傷してしまうのではないかと思うような熱気に、咲耶は身悶えた。

「無理！　おっしり……わたひのお尻が破れる！　やっぶれちゃうからむっり。おお！　こっれ……これ以上は無理ぃ！」

「悪い。も……もう止まれない。咲耶の尻の中……凄く絡みついてきて気持ちよすぎる。だからごめん。もう少し、あとちょっとだから！」

けれども智也は止まってくれない。それどころかより腰を突き出してくる。

「おっ。おっ。おほぉおおお！」

身体を抉られていくかのような感覚に、一瞬呼吸さえも止まってしまうのではないかと思った。だというのにどうしてだろう？　智也の気持ちいいという言葉を聞いた途端、なんだか苦しみが和らいでいく。いや、苦しいどころか、まるで膣をペニスで擦り上げられた時に感じたような心地よさにも似た感覚を咲耶は覚え始めた。

（お……お尻……。これ……お尻なのに……なんで？　ほぉおお！　これ……き、気持ちいい？　わたっし……おっおっ……と、智也のおちん×んお尻に挿入れられてきも……ち、よくな、って……るの？）

明らかに性感を伴った感触に、戸惑いすら感じてしまう。

（嘘よ！　あ……あり得ないわ！　こんな……お、お尻で気持ちよくなるなんて……絶対……絶対ない！　そんなことあっちゃい……けないぃいいい！）

尻で感じるなど、とても恥ずかしいことのような気がする。絶対にあってはならないと思った。

（気持ちよくない！　感じない！　気持ちいいはずない！　感じるはずないっ!!）

「んっふ！　ふー。ふー。ふー」

必死に性感を否定しつつ、口を引き結んで漏れ出ようとする声を抑えこもうとする。

そんな咲耶を嘲笑うかのように、智也は一気にズンッと根元まで肉棒を突きこんできた。肉先が腸奥を抉る。

「ふほおっ!!」

刹那、バチッと視界に火花が散ったような気がした。一瞬目の前が真っ白に染まり

―


「おっ♥　おっ♥　おっ♥」

ビクンッビクンッと咲耶は肢体を震わせる。ギュウッとベッドシーツを指で掴みながら、背中を弓形に反らした。同時にキュウッと直腸を収縮させ、挿入されたペニスをきつく締め上げていく。ジュワアッと膣口からは涎のように多量の愛液が溢れ出した。

「あっは……はふぁあああ……」

やがて全身から力が抜けていく。腰だけを突き上げたまま、上半身はベッドに突っ伏す形となった。

「咲耶……もしかして絶頂ったの？」

驚いたような様子で智也が尋ねてくる。

「い……はぁっはぁっはぁっ……絶頂った？　わ……わたひが？　そ……おふぅう……そんなわっけ、な、ないでしょ……。挿入れられただけで絶頂くなんて……。あり得ないわ。お……お尻……。お尻なのよ……。お尻で絶頂くわけない。違う……私は……私は絶頂ってない。おおお……絶頂ったりなんかす……するもんですか！　お……お尻でか……んじたりなんて……し……ないわよ」

全身を包みこむ虚脱感は間違いなく絶頂感だった。そのことは自分でもよくわかっている。間違いなく挿入だけで達してしまっていた。

けれどもそれを認めるわけには絶対にいかない。ベッドに埋めたままの顔を左右に振って否定する。

「そう……。だったら……本当にそうか試させてもらう！　いくぞ！」

「ちょっ!?　い、今は！　今はだ――」

幼なじみの行動を制止しようとするのだが、こちらが言い終わるよりも早く智也の腰が動き出した。

「ふっほ！　おほぉおおお！」

ピストンが始まる。

「う……うごっ！　うごいてっる！　おっおっおっ！　なっか――わったひ……わっだひのながれ、うっご……うごいでりゅ！　おおおお！　智也の……智也のおちんちっんが、お尻のなっかで、うごいでりゅう！」

腸内で肉棒が蠢く。肉槍によって容赦なく直腸がゴリッゴリッと擦り上げられた。

腰と腰がぶつかり合うパンッパンッと言う乾いた音と、ベッドが軋む音色が混ざり合い、響き合う。その音が耳に届くたび、犯されているのは尻だというのに、身体中が痺れるような甘い刺激を感じてしまう自分がいた。

突きこみに合わせて「おんっおんっおんっ」と獣のような嬌声を漏らしてしまう。

「咲耶のお尻……凄い。動くたびにキュウキュウ締まってくる。これ……感じてる。感じてるんだよな？」

「ち……ちっがう！　おおおお！　それは違うの！　私はべ……べっつに……ふっひ……んひっ！　んぉおおお！　か……かんじってる、わ……けじゃ……はぁっはぁっ……なっひ！　なひ……のぉおお！」

それでも言葉では性感を否定するのだが――

（どうして？　なんで？　これ……こんなお尻……。お尻なのに……どうしてこんなにきも……気持ちがいいの？　まるで……うんち。うんちしてる時みたいに……気持ちいい。こっれ……感じてる。わったし……か……感じちゃってるぅ！）

自分でもはっきりと性感を覚えていることを認識できてしまっていた。

「嘘つく必要はないよ咲耶」

「嘘！　うっそな……んかついてなひ！　おおお！　わったしは、わたひはおじりなんがでかんじだりじないぃい！」

「どうして？　なんでそんなに否定するんだよ？　気持ちいいんだろ？　だったら素直になれよ！」

「そんな……そんなこと言われても！　おおおお！　言えるわけないじゃない！　おっしり！　はっふ……はふっはふっはふぅうう！　おっしりなんかで、気持ちよくなってるなんで……は……はじゅがしいこと……いえるわげないりゃにゃいのぉ！」

尻とは排泄器官でしかない。そのような場所で感じてるなんて知られたらと考えると、恐怖さえ覚えた。だから絶対に認められない。

「そっか……なるほど。だったら気にするなよ。恥ずかしいことなんかなにもないから。お尻で感じたっていいんだ。だって……俺だって咲耶の尻で感じてるんだから。だから……咲耶も……咲耶にも気持ちよくなって欲しいんだ」

「わったひ……わたひも？　おっおっおっ――きも、気持ちよくなっていいの？」

「ああ、なっていい！　いや、なってくれ！」

そう言いながら智也はよりピストン速度を上げ、さらに深くまで直腸を抉ってくる。

「ふひいいい！　おおおお！　むっり！　これ……はっげ、はげっじず……ぎる！　おんっおんっおんっおんっおんっおんん！　おっか、おかしくなりゅ！　こんな……こんなにじゃれだら、わだひ変になりゅう！」

ベッドが壊れてしまうのではないかと思うくらいに激しい突きこみだった。腰と腰がぶつかり合うと、まるでお尻ペンペンでもされているかのような衝撃まで走る。だが、それだけ激しく腰がぶつかり合っているというのに、なぜだか不思議と痛みは感じなかった。

それどころか、より性感が膨れ上がっていく。

「だっめ……おおお！　こっれ……我慢……。こんなにざれっだらがまんでぎなぐなりゅ！　おおお！　ホントに……わたひ……もう、耐えられなっく、なりゅ！　らっめ……ふひぃいい！　こっれ……来る。ホントにすごいのがぎっぢゃう！　おおおお！　おっしり！　おじりなのに……わだひ……いっぐ。このままぢゃいっぢゃうのぉ♥」

抑えがたい程に膨張する絶頂感。最早意思だけで我慢できるレベルではなかった。

「いいぞ！　絶頂っていい！　いや……絶頂ってくれ！　俺に……俺に咲耶が絶頂くところを見せてくれ！　俺も……俺も絶頂くから！　咲耶の尻の中に射精すから！」

その言葉を証明するように、腸内で肉棒がより大きく、硬く膨れ上がっていく。

「らっめ！　射精しちゃ――だしちゃだっめ！　今……いまだしゃれだら、わらひ……わらひぃいい！」

「咲耶！　咲耶ぁああっ！」

瞬間、止めとばかりに智也は肉棒を腸奥に撃ちこんできた。

「むひぃいっ！」

瞳孔が開いているのではないかと思うくらいに咲耶は瞳を見開く。

そして、射精が始まった。ドクッドクッドクッと直腸に白濁液を流しこんでくる。

「おおお！　で……でってる！　おっおっおっ！　おっしり……。わっだひのおじ

りのなっかにれでりゅう♥　しゅごい。あづい！　あづいのがおじりのなっかにひろがって……わだひ……いぎゅっ！　いぎゅいぎゅいぎゅいぎゅ――いっぎゅのぉおおお♥　おっほ！　むほぉおおお♥♥♥」

直腸に肉汁が流れこんでくるのを感じた。熱気が身体に染みこんでくる。あまりの熱に身体がドロドロに溶け、智也と一つに混ざり合っていくかのような錯覚を覚えながら、咲耶は肢体を小刻みに震わせて達した。

「おほぉおおお♥」

全身から力が抜けていく。

あまりの心地よさに膀胱が開き、じょぼっ……。じょぼろろろっとうれションまで漏らしながら――

「あっへ……。しゅごひ……。おおお……おっひり……。おひりきもひ……い、いいにょぉ……おっ♥　おっ♥　おっ♥」

咲耶は性感に溺れた。

*

「で……どうする？」

「どうするってその……」

日曜日の夕方――智也は咲耶と共にラブホテルの前で二人並んで立ち尽くしていた。

どうしてこんな場所にいるのかという理由は今朝聡子から出された――

『今日はデートをしてきて下さい。というワケで私からお二人にデスティニーランドの入場券をプレゼントです。たっぷり楽しんできて下さいね。結婚した後もデートを楽しむというのは必要なことですから』

という指示にあった。

てっきり今日もひたすらエッチすることになるかと思ったので、はっきり言って意外な指示であり、驚いた。それと同時にちょっと残念にも思ったり――

（いやいやいや、べべべ……別に咲耶とそんなにエッチなことしたいわけじゃないし！）

なんて心の中で否定しつつも、しょんぼりしたことは事実である。

それでも、実際デートをしてみると楽しかった。

もちろん口喧嘩は当然の如く何度もしてしまったけれど、それでもずっと二人で遊んでいたいと思えるくらい、遊園地デートを満喫することができた。本当に幸せな時間だったと思う。

ただ、途中聡子の指示で――

『あ、あ～ん』

『あ～んって……いや、だけど……』

『う、うっさい。私だって恥ずかしいのよ。だけど仕方ないじゃない。デートするなら恋人らしいこともしろって言われてんだから。だからほら……あ〜んよ！　あ〜ん！　それとも、私のは食べたくないとでもいうの？』

『い……いや、そんなことはない。そんなことはないよわかった。あ……あ〜ん』

なんて、まるで本物の恋人みたいなことをさせられるのは何度味わっても恥ずかしかったけれど……。

しかも――

『見て見てあの二人、恋人になったばっかりって感じ。初々しくて可愛い〜♪』

などと道行く人に囁かれ、

『違う！　これは違う！　違うんですっ!!』

『ななな……へ、変な勘違いしないでよね！　恋人じゃないから！　これは違うからあああああ!!』

それに対してあまりの恥ずかしさに声を上げてしまい――

『ツンデレカップルだ』

『じ……実在したのか……』

『リア充死ね』

周囲の人間に注目を浴びてしまい、より恥ずかしい想いをすることになってしまったりもしたけれど……。

それでも、楽しい時間であることは間違いなかった。

『ま……まぁたまにはこういうのもいいかもね。だけどその、あ……あああ……あくまでもたまにはだからね！　そこのところ勘違いしないでよ！』

『わかってるよ。お……俺だってあくまでも夫役としてだからデートしたわけであって、それ以外で咲耶とデートなんかしないっての！』

ただ、やっぱり素直に楽しかったという気持ちを伝えることはできなかった……。

(もうなんでなんだ!?)

自分にもどかしさを覚えてしまう。

で、その帰り道にラブホテルの前を通り過ぎることになり——気付けば二人で足を止めていたのである。

今日はデートをしただけでエッチをしていない。ラブホテルを前にしていると、なんだか身体が熱くなっていくのを感じた。

思わずチラチラと咲耶を見てしまう。

するとと彼女の方もこちらへと視線を向けてきた。見つめ合うような形になってしまう。

「うっく……そ、それでどうするの？　あんた……入りたいのここに？　それってわ……私とエッチしたいってこと？」

「それはその……そ……そういうわけじゃないよ」

実を言うとしたかったけど、いつも通り想いとは逆のことを口に出してしまう。

「だったらどういうわけなのよ？　なんだってあんたはここで足を止めたわけ？　別に聡子はここまでしろとは言ってきてないわよね？」

デスティニーランドのマスコットキャラ、ネズミーマウスの耳当てを頭に着けた咲耶が挑戦的な視線を向けてくる。彼女の言葉通りエッチの指示は下りていない。

「なんだってってそれはその……。あ……あれだよ！」

「あれ？」

「だからその……デートの後、大人だったらこういうところにも寄るかなって思ったわけで……。大体……そそそ……そういう咲耶だってなんでここで足を止めたんだよ!?」

ホテルの前で足を止めたのはほぼ同時であり、どちらが先に止まったというわけではないのだ。そのことを突くと咲耶は「フェッ!?」と間の抜けた声を漏らしてポカンと口を開くと共に、

「……智也とその……お……おおお……同じ理由よ」

しばらく間を置いた後、そう答えてきた。

「その……あ……あああ……与えられたし、指示だけをこなすような人間じゃ駄目ってことよ。どんな時でも臨機応変に対応できる。そういうのって斑鳩の次期当主として大事なことだと思ってるわ」

ふふ～んと偉そうな表情を浮かべながら、指を立てつつそう説明してくる。ただ、ネズミーマウスの巨大手袋を着けているために、ちょっと面白い姿だった。

「なるほど。その……それじゃあ……こ、こここ……ここに入るってことでいいんだな」

しかし、笑う余裕はない。

ガチガチに緊張しながら幼なじみにそう尋ねる。

「も……ももも……もち……もちろんよ！」

問いに対して咲耶は答えを返してくれるのだが、自分に勝るとも劣らず彼女も緊張しているように感じた。

そんな幼なじみと共に——こういった場所は初めてなのでかなり戸惑いつつも——ラブホテルに入る。

「ふ～ん。思ったより狭いのね」

ホテルの部屋に入った幼なじみの第一声がこれだった。確かに咲耶の部屋に比べればホテルは狭い。でも……実際は十分すぎるほど広いと思います。

「えっとそれじゃあその……」

「「どうする？」」

二人で見つめ合いながら、同時に尋ねる。

この問いに対してどうするかフムッと考え――

「「き……キス」」

やっぱり同時に思ったことを伝えた。

「キスってあんた……やっぱ変態よね！」

「な……なんだよそれ！　咲耶だって同じ答えだったじゃないかよ！」

「なにそれ！　つ、つまり私が変態だって言いたいわけ!?」

「最初にそう言ってきたのは自分だろ！」

「なんですってぇえええ!!」

バチバチッと火花を散らしながら睨み合ってしまう。

「あ……いや……駄目だ。このままじゃまた……」

「口喧嘩になっちゃうわね。その……あんまり帰りが遅くなると聡子にも怪しまれちゃうかも知れないし……って、べべべ……別にこれはあくまでも自主的な花嫁修業だからばれても構わないんだけどね！　それでも……その……心配はかけたくないし」

「だな……。だからその……始めるか」

「そうね」

言い争いを始めるといつ終わるかわからない。いったん息を整えながら改めて向かい合うと、どちらからともなく互いの身体を抱き締め、唇を重ね合わせた。

「んっふ……むちゅっ……。ちゅっぷ……。んじゅっ……。くちゅっくちゅっくちゅっ……。ちゅっぱ……んじゅるっ……ふじゅううっ」

舌を挿しこむことに躊躇などしない。そうすることが当然とでもいうように、互いの口腔を貪り合う。

「はぁっはぁっはぁっ……咲耶……」

「はぁはぁ……智也……」

ほんの少し唇を重ねただけだけれど、なんだか胸の中に熱いものが広がってくるのを感じた。

ただキスをするだけじゃ足りない。もっと、もっと深く咲耶と繋がり合いたい——本能が膨れ上がっていく。

その想いのままに咲耶をきつく抱き締めながら、ゆっくりとベッドに幼なじみの身体を押し倒す……。

＊

脱ぎ捨てた服や下着が床に散乱している。

二人は互いに肌を晒し、生まれたままの姿となっていた。

自分を智也が見つめている。彼の肉棒はすでに痛々しい程に勃起していた。肉先など醜悪なくらいに膨れ上がっている。もう何度も見てきたものだけれど、正直言うとちょっと怖さすら感じるくらいだった。

ただ、それでも、自分を見てそれだけ大きくしてくれているのだと考えると嬉しい。勃起した肉棒を見つめているだけで胸がキュンとし、下腹部が熱く火照っていくのを感じた。

事実花弁は愛液で湿り始め、秘裂はゆっくりと左右に開いていく。

欲しい。智也が欲しい。智也と一つになりたい——そう身体が訴えてくるのを感じた。

「そ……それじゃあ……き、来て……」

彼を求める言葉を口にする。

「ああ……挿入れるぞ……」

すると智也はこれに頷くと、肉先を膣口に押し当ててきた。

「んふっ！」

途端にグチュウッという感触が伝わってくる。咲耶の身体は電流でも流されたかのように、ビクンッと激しく震えた。

（触ってる。智也のが私の大切なところに当たってる。くる……来るんだ。智也が私の膣中に……）

そう考えるだけで、愛液がさらに分泌されていく。

溢れ出す女蜜がコンドームを装着した肉棒にネトリッと絡みついていった。

「んっく！　あっ……あっあっ……んふぁあああ」

やがて智也が腰を突き出してくる。

「挿入って……挿入ってくる。智也のが私の膣中に——んっく！　あっあっあんんんん」

胎内を押し広げられていくような感覚が走った。身体の中の足りなかった部分を満たされていくような錯覚さえする。

（すごい……。いっぱいになる。私の中が智也のでいっぱいになってく……。あんんんん。これ、き……気持ちいい。凄く……い、いい。なんだかキュンキュンする）

もっと奥まで突き挿入れて欲しい。奥まで智也のものでいっぱいにされたい——自然とそんなことまで考え始めてしまっていた。

そんな想いに応えるように、智也はより腰を膣奥にまで突きこんでくる。ズンッと肉先が子宮口に当たるくらいにまで……。

「来てる……。お、奥……奥まで智也のが来てる。あっあっ……。大きい。ドクッドクッて私の膣中で震えてるのがわかる……。あっあっ……あんんんん……。ど、どう？　気持ちいい？　私の膣中は……」

肉棒の鼓動が膣壁越しに伝わってくる。膣中が火傷してしまうのではないかと思うほど、肉棒は熱く火照っていた。これほどまでに硬く、熱くする程に自分で感じてくれているのだと考えると、やっぱり嬉しい。

「ああ、き、気持ちいい。咲耶はどうだ？　痛かったりしないか？」

「い……痛くなんかな……ないわ」

「そっか……。それじゃあその……う、動いてもいいか？」

「い……いいわ――って、ちょっと待って」

いいわよと頷こうとしたが、途中で止める。

「どうしたんだよ？」

「その……えっと……動いてもいいけど。そ、その前に……き――」

「き？」

「ききき……キス。私にキスしなさい」

気がつけば自分から口付けを求めるような言葉を口にしてしまっていた。

「え？　あ……い、いいの？」

「さ……さっきだって散々したんだから……い、いいにきま……決まってるじゃない。

その……えっと……デートの後のせ、セックスなんだから……恋人っぽくしないと……んっふ……はぁっはぁっはぁっ……花嫁修業にならないでしょ！」

言い訳もいいところである。

「そ……それもそうだな」

だが、これに智也は頷くと――

「んっちゅ……ふちゅうっ……」

繋がり合ったままキスをしてきた。

唇と唇を重ねるだけのキスではない。当然のように舌と舌を絡ませる深い深いキスだった。

グチュグチュと淫靡な音色を響かせながら、互いの口腔を味わう。

そうして口付けを続けつつ、どちらともなく腰を動かし始めた。

「んっふ！　むふうっ！　んっんんっんっんんんんっ」

ジュボッジュボッジュボッと肉棒が膣中をかき混ぜるように蠢く。ズンズンズンッと亀頭が子宮口に何度も押しつけられた。まるで肉棒とキスをしているようにさえ感じる。

（動いてる。私の膣中で智也のがズンズンッて動いて……私の奥を何度も叩いてくる。凄い……。こっれ、これ……気持ちいい♥　あああ……。感じる。キスしながらズボ

ズボされるの本当にいい）

上と下――二つで智也と繋がり合う。まるで身体中が一つに溶け合い、混ざり合っていくような気がした。

「んむっ……はっふ……。はぁっはぁっはぁっっ……も……もっろ……。もっろちゅいて、もっろ……あっあっ……はげ……激しく動いてっ！」

もっと気持ちよくなりたい。もっともっと感じたい――智也の動きに合わせるように欲求が強くなっていく。

「ああ！　わかってる！　わかってるよ咲耶っ!!」

求めに応えるようにピストン速度を上げ、子宮を圧迫するくらい奥まで肉槍を突きこんでくる。

「ふひいいっ！　来てる。奥まで……おっくまで届いてる！　あっあっあっ♥　これ、か……感じる。私……絶頂く！　絶頂きそうなくらい感じちゃってる♥　んっちゅ……むちゅうっ！　ちゅぼ……むちゅぼぉおっ！」

「ちゅぶっ……ぐちゅるぅ……。ちゅっちゅっちゅううう……。はぁっはぁっはぁっ……お、俺もだ。俺も……もう絶頂きそう。射精そうだ」

「いいわ。射精して！　たくさん！　たくさん射精してっ♥」

射精を促すように咲耶は腰をくねらせる。

「あああ！　すっげ……。いい！　咲耶……これ……すげぇ気持ちいい。もう……抑えられない」

「来てっ♥　射精してぇえっ！」

こちらの動きに合わせて智也のピストンも激しさを増していく。

そして――

「うああっ！　で、射精るっ!!」

膣中で肉棒が爆発した。

ドクンッドクンッと肉茎を脈動させながら、多量の白濁液を肉先から撃ち放ってくる。コンドーム越しではあるけれど、全身を火照らせるような熱気が下腹部に広がっていくのを咲耶は感じた。

「あ……い、絶頂くっ♥　あっあっあっあっ――わったしも、私も絶頂くっ♥　これ……絶頂くのっ！　いぎゅうううっ♥♥♥」

一瞬で肉体は絶頂にまで押し上げられる。

キュウウッと肉壺で激しく肉棒を締め上げながら、全身を激しく痙攣させた。

「あっふ……はぁあああああ……」

やがて全身が気怠さに包みこまれていく。

「き……キス……キスして」

「あ、ああ……」

心地よい脱力感に何度も肩で息をしながら、咲耶は再び智也と唇を重ね合わせた。

「す……好きよ。智也……」

「俺もだ。俺も好きだ……」

自然とそんな言葉まで伝え合ってしまう。

すると――

「あ……ま、また……また大きくなってきた……。私の膣中で……ドクドクって……震えてる……」

射精した後も萎えることがなかったペニスが、またも硬く屹立してくるのを感じた。

「あ……その……も、もう一回いいか？」

「……こ、このド変態……」

だけど、嬉しい。

もっと自分とセックスしたいと思ってくれている。そう思うと嬉しい……。

「ごめん……」

「別にあ……謝る必要はな……ななな……ないわよ。その……はぁっはぁっはぁっ……して、したいなら……もっと……もっとして♥」

潤んだ瞳を幼なじみ執事へと向け、微笑んだ。

＊

「いいい……いくらなんでもやりすぎよ馬鹿！　四回もするなんて……ど……どうかしてるんじゃないの？　エロ！　エロス！　変態！　ド変態っ！」

「し……仕方ないだろ！　大体それを言うなら咲耶だってもっともっとって……」

「そそそ……それはっ！　ば、馬鹿！　変なこと言うんじゃないわよ！　というか……あの……さっきの好きって言葉はあくまでも行為の一環――花嫁修業の一環として伝えただけなんだからね！　そ……そそそ……それは勘違いするんじゃないわよ」

「え？　あ……も、もちろんだっつの！　俺だってそうだから！　あくまでも仕事として好きって言っただけだから！」

たっぷり咲耶と愛し合った――いや、咲耶の花嫁修業に付き合った後、なんだか気恥ずかしくなってしまい、結局言い争いをしながらホテルを出る。

すると外にはニコニコ笑顔の聡子が立っていた。

「随分ゆっくりされてましたね」

「さっ！　聡子!?」

「どど……どうして聡子さんがここに？」

わけがわからずオロオロしてしまう。

「どうしてって、大事なお嬢様のことですよ。なにかあったら大変です。ですからお嬢様の動向は常に把握させてもらっているんですよ。しかし……驚きました。ここまで指示は出していなかったのですが、まさか自主的にホテルにまでなんて……。もしかして、二人は本物の恋人になったとか？」

そんなこちらの様子を見つめてクスクスと聡子は笑った。

こ……恋人？

咲耶と⁉

反射的に幼なじみへと視線を向けてしまう。咲耶も同様にこちらを見つめてきた。さっきまで何度もキスをして、何度も繋がり合った相手——見ているだけで、ドキッドキッと心臓の鼓動が大きくなっていく。

恋人……。咲耶と恋人……。

二人で腕を組んで並んで歩く姿を想像してしまう。二人で綺麗な景色を見ながらキスをする姿を思い浮かべてしまう。

「ば……ばっかじゃないの！」

だが、そんな妄想は一瞬で吹き飛んでしまった。

「わ……わわわ……私が智也と恋人同士になる⁉　そんなことこの世界がひっくり返ったってあり得ないわよ！　変なこと言わないでよね！　智也はあくまでも私の執事！　それ以上でもそれ以下でもないんだから‼　それに……私には歴とした婚約者

がいるのよ！」

　婚約者という言葉を聞いた瞬間、脳裏に片桐春馬の写真が思い浮かぶ。それと共に咲耶が春馬と並んで歩く姿まで考えてしまった。

　途端にズキズキと胸が痛み始める。考えるだけで、胸を掻き毟りたくなる程の焦燥感を覚えてしまう。

「そ……そうですよ聡子さん。あり得ない。俺と咲耶が付き合うとか……そんなのごめんですよ。俺は咲耶みたいなわがままお嬢様が恋人なんて絶対嫌ですね」

　胸に抱いた気持ち――それを押し隠すように、わざと軽い口調で語り、ハハハッと笑ってみせた。

「わがままお嬢様ですってぇ！　変態執事のくせにぃ！」

「変態とか聡子さんの前で言うなよな！」

「だってホントのことじゃない！」

　そしてまた言い争いが始まってしまう。

「……はぁ……。本当にこの二人は……」

　この様を見た聡子が大きく息を吐く。が、幼なじみお嬢様と睨み合っていた智也はそれに気付くことができなかった。

結局そうして口喧嘩を続けたまま、咲耶、聡子と共に屋敷に帰った智也は——リビングにて幼なじみと共に立ち尽くすことになった。

理由は簡単。リビングには一人のスーツ姿の女性が腰を下ろしていたからである。

とはいえ、もちろんそれだけだったら来客ということで執事として対応することができたのだけれど、問題はその女性の顔だった。

「さ……聡子……さん?」

その女性は聡子とまったく同じ顔をしていたのである。

「え?　ど……どど……どういうこと?」

咲耶も戸惑った様子で、女性と聡子を見比べた。

「ああ姉さん、いらっしゃったのですか」

この疑問に応えるかのように聡子が女性に話しかける。

「「——ね、姉さん?」」

二人同時に首を傾げると、座っていた聡子似の女性は立ち上がり、優雅に一礼してきた。

「初めまして咲耶お嬢様。片桐家に仕える天神聡莉《さとり》と申します。聡子とは双子の姉妹でして、姉になります。どうぞお見知りおきを」

ファサッと前髪が揺れる。

モデルのような体型に優雅な身のこなし。一瞬見惚れるくらいに美しい人だった。

聡子の姉か――そういえば前に片桐家に姉が仕えているという話を聞いたことがあった気がする。

ただ――

「『でも、なんでここに？』」

問題はそこだった。

この疑問に対し聡莉は美しい口元に優しい微笑みを浮かべると、

「簡単なことです。今回の婚約――どうなさるおつもりなのか、直接咲耶お嬢様の口からお聞かせいただきたく参上致しました」

などという言葉を口にしてきた。

ツン6 私もアンタのこと好きなんだから……

突然の聡莉来訪からもうすぐ一週間が過ぎようとしていた。

あの日――

『ふぇっ!?　どうするつもりかって……。わ……わた……私は……』

結局咲耶は聡莉の問いに対して明確な答えを出すことができなかった。

結婚する。斑鳩家のために片桐春馬と婚約する――それは確かにそう決めていたはずなのに、なぜか答えることができなかったのだ。

『どうなされたのですか？　もしかして迷っておいでなのですか？』

『べ……べべ……別にそういうわけじゃないわよ。わ……私の心は決まってるわ』

『ではお答えをいただいてもよろしいでしょうか？　やはり結婚というのは本人の意思が一番大切ですからね。そのために改めて伺わせていただいたわけです。ですのでお願い致します』

『そ……それはもちろん――』

と、そこで咲耶は止まってしまった。

自分でもどうしてなのかはよくわからないけれど、なぜか『当然結婚するに決まってるでしょ！』と言うことができなかったのである。

どうしてか自分でもよくわからないのだけれど、口を開こうとすると胸が痛んでしまったから……。なぜか智也の顔が脳裏にちらついてしまったから……。

『……まだ迷っていらっしゃるみたいですね』

『そういうわけじゃ……。私の答えは本当に決まって――』

『いいえ……、貴女は迷っていらっしゃる。ですから、無理に答えを出すべきではありません』

否定は途中で遮られてしまう。

『結婚――それは人生でも本当に重要な行為です。ですから、簡単に勢いだけで答えては駄目ですよ。とはいえ、こちらにも準備など色々すべきことはありますから……ですからそうですね……。一週間。一週間だけ期限を設けます』

『一週間？』

『そうです。来週……もう一度こちらに伺わせていただきます。その時、咲耶お嬢様の答えを聞かせて下さい。婚約するのかしないのか……しっかり一週間考えて下さいね』

　というワケで、本日に至る。

（あと二日か……）

　もうすぐ期限の日が来てしまう。

　正直、咲耶は迷っていた。

　いや、なにを迷っているのかは自分でもよくわからない。だって、そうではないか。考えるまでもなく答えは『結婚する』と出ているはずなのに……。迷う必要などないはずなのに……。

　だというのに、聡莉への答えをどうすべきかを考えると、頭の中がグチャグチャになってしまう。どうしてか智也のことを考えてしまい、胸が痛んでしまう。

（関係ないのに……。これは私の問題であって、智也なんかどうでもいいはずなのに……）

　そのはずなのにどうしてだろうか？

　わからない。わからないわからないわからない——そうして迷っているせいで、あの日以来、ほとんど智也とは会話をしていなかった。もちろん花嫁修業もしていない。彼を見ているとどうしても心がざわついてしまうから……。

「はぁあああ……」

ちょっとでも油断をすると、すぐに大きなため息が漏れ出てしまう。もうどうすればいいのかわけがわからなくなっていた。

「またため息？」

「茜……って、べ、別にため息なんかついてないわよ」

クラスメートの言葉に、慌てて表情から迷いを消し、表面上は普段の強気な自分を装ってみせる。斑鳩の次期当主として、人に弱味は見せたくないから。

「そんな嘘ついても無駄。はっきり見たし。ってか……ホントなにがあったわけ？　今週に入ってからあんた……ってか、あんたたちなにか変よ？」

「たちってなによたちって。それ、私以外の誰を指してるわけ？」

「誰ってもちろん木瀬くんよ」

「智也……」

幼なじみの名に、ビクンッと震えてしまう。

「ほらやっぱりおかしい。ホント……なにがあったのよ？」

「なにって……べ……べべべ……別になにもないわよ。私は元気！　いつも通りなんだから！　ほら、この通りよ!!」

フンッと胸を張ってみせる。

「……なんかあんたにやられるとそれ……ちょっと嫌味っぽいんだけど……」

「――へ？　どうしてよ」

「どうしてってサイズ差が……」

「サイズ？　なんのサイズよ？」

「別になんでもないわよ!!　ってか、今大事なのはあたしじゃなくて、咲耶の方でしょ。いつも通りって言われても全然説得力ないの！　だから教えなさい」

こちらの胸元を見つめて「くっ」となぜか悔しそうな表情を浮かべた後、茜はまっすぐこちらの瞳を見つめてきた。

「だ……だからなんでもないって……」

なんだかその視線を受けていると心が弱ってしまうような気がし、そっと視線を外す。

「こっち見なさい！」

しかし、茜は逃げることを許してはくれなかった。はっきりそう言われてしまったら、言うことを聞かざるを得ない。だから改めて友人を見つめ――

「――――!?」

一瞬驚き、硬直してしまった。

その理由は簡単だ。茜が今にも泣き出しそうな目でこちらを見ていたから……。

「ねえ咲耶。お願いだから嘘をつかないで。その……確かにあたしはあんたみたいなお嬢様じゃないから、あんたの苦しみとか悩み、苦労はわからない。だけど、でも、それを和らげてあげる手伝いくらいはできると思ってる。だから話してよ。なにがあったのかを」

「どうして？　なんでそこまで……」

自分のことを気にしてくれるのだろう？

「なんでって……そんなの、あんたの親友だからに決まってるでしょ」

そう語り、ニッコリと茜は微笑んでくれた。

なんだかその笑みを見ていると、それだけで温かいものが胸の中に広がっていく。

「……なんかその台詞、恥ずかしいわね」

「う、うるさいわね」

「でも……ありがとう。わかった。話すわね……」

頼ってもいい。自分は一人じゃない。そう思えて嬉しかった。

そして咲耶はここ最近智也との間に起きた出来事をすべて話した。その……恥ずかしいけれど、花嫁修業をしていたことまで。だって……親友には全部知っておいて欲しかったから……。

「なるほどね」

すべてを聞き終わった後、納得したように茜は頷いた。

「しかし、それにしても……さすがのあたしもちょっと驚いたわ。まさか咲耶と木瀬くんが花嫁修業だからってそこまでやってたなんて……。金持ちってとんでもないわね。それにしても……はぁあああ……。まさか咲耶に先を越されることになるなんて……」

「先を越す？　なんのことよ？」

「べ……別になんでもないわ！　気にしないで。それより……あんたはその……婚約者と本当に結婚すべきかを悩んでいるのよね？」

アハハッと誤魔化すように笑いながらそう尋ねてくる。

「それは違うわ。その点に関しては悩んでない。だって結婚するのは当然だと思ってるから……」

「そうなの？　それじゃあなにを悩んでるって言うのよ」

「だからその……決めてるはずなのに、どうしてかそれを聡莉に言えそうにないことを悩んでいるのよ。自分でも全然わかんない。結婚するって決めてるのに……なんでかそう答えようとすると、智也の顔がチラチラ浮かんで……」

自分はどうかしてしまったのだろうか？

もうわけがわからなかった。

この答えに茜はキョトンッとした表情をし、呆れたように苦笑する。

「な……なによ！」

「なによって……そう言われても……。なんというか、ほんっと咲耶って鈍感にも程があるなぁと思ってさ」

「鈍感？　私のどこが鈍感だって言うのよ」

「どこがって……そうとしか言いようないじゃない。だってあんた……自分の気持ちにも気付いてないんだもん」

「自分の気持ちにもって……どど……どういう意味よそれ!?」

「どうって、簡単なことじゃない」

茜はそう言って微笑むと共に、トンッと人差し指で咲耶の胸の中央部分を突いてきた。

「それってさ……木瀬くんが好きってことなんじゃないの？」

「――へっ？」

今度は咲耶の方がキョトンッとする。茜の言葉の意味が一瞬理解できなかった。しかし、すぐにその言葉の意味を察する。それと同時にカアアッと顔が真っ赤に染まっていくのが自分でも理解できた。

「す……好き？　私が……智也のことを!?　ば……ばばば、馬鹿なこと言うんじゃないわよ！　あり得ない！　そんなことあり得ないわっ！」

「どうしてよ」

「どうしてって……だって……智也は……」

ただの幼なじみでしかない。いや、執事でもあるけど。

でも、だけど、ずっと――物心つく前からずっとずっとずっとずっと、一緒に育ち、暮らしてきた姉弟のような存在なのだ。

「と……とにかくあり得ないんだから！」

「だったらどうして木瀬くんを気にするの？　木瀬くんのことが好きだから、彼が気になるから、素直に結婚を受け入れられないんじゃないの？」

「それは……」

そんなことはない――とは思うのだけれど、なぜか否定の言葉をはっきりと口にすることができなかった。

(好き？　私が……智也を？)

幼なじみの顔が脳裏に浮かぶ。

毎日毎日、文字通り一日も欠かすことなく見てきた顔だ。もう見飽きていると言っても過言ではない。

だというのに、彼の顔を思い出すだけで、胸がドキドキと高鳴っていく。彼の姿を思い浮かべるだけで、キュンキュンと胸が切なく疼いた。

「まぁ咲耶の性格ならそうそう簡単に認められないとは思うけど、もう少し素直になりなさい。それがあたしからのアドバイスよ」

「素直に……」

嚙み締めるように咲耶は呟く。

＊

（明日か……）

智也はぼんやりとカレンダーを見つめながらそんなことを考える。

明日は聡莉が設けた期日の日だ。

明日、咲耶は聡莉に片桐春馬と正式に婚約する旨を伝えるのだろう。そして近い将来、斑鳩家は婿を迎え入れることになる。

考えるだけでなんだか胸がざわつくのを感じた。

片桐春馬と咲耶が二人で並んで立っている姿を想像する——それだけで気持ち悪ささえ感じる自分がいた。なんだか本気で吐きそうですらある。

（なんだよこれ。どうなってるんだよ！　そりゃ咲耶が結婚するのはイヤだ。でも、実際のとこ咲耶が結婚しようがしまいが、俺には関係なんかないのにっ。ああ、もうっ！）

考えれば考えるほど、頭の中はグチャグチャになっていった。

自分はなにかの病気にかかってしまったのではないか？　とさえ思ってしまう。

だから――

「私に相談に来たと」

「はい」

聡子の部屋にて、聡子を前にして頷く。

正直なことを言えば咲耶のことで悩んでいるなんて相談したくはなかった。だって恥ずかしいから。だけど、でももう限界だった。これ以上一人でぐだぐだ考えていても答えは出せそうになかったから……。

そのことを素直に聡子に告げると――

「はぁあああ……」

と呆れたように先輩使用人は大きく息を吐いた。

「な……なんですかその反応は？　せ……せっかく恥を忍んで相談したっていうのに」

「あ、ごめんなさい。だけどね……。ため息もつきたくなるってものよ。まったく……本当に二人揃って鈍感なんだから……」

「鈍感……俺が？　っていうか、二人揃ってって……まさか咲耶も？　あ……あいつと俺を一緒にしないで下さいよ！　俺は鈍感なんかじゃありません。まぁあのわがまお嬢様が鈍感だってのには同意ですけど」

「いいえ、智也くんも十分鈍感よ！」

　ばっさり切り捨てられてしまう。

「ど……どこが？　俺のどこが鈍感だって言うんですか？」

「どこがって考えるまでもないわよ。すべてよすべて。もう……、どうしてわからないのかしら？　ちょっと考えれば自分の悩みの理由なんてすぐわかるはずなのに……」

「わかるはずって……それじゃあ聡子さんにはわかったんですか!?」

「もちろんよ」

　あっさり頷かれてしまった。

「じ……じゃあなんなんですかその理由って？　俺はなんで咲耶のことでこんなにもやもやしなくちゃいけないんですか!?」

「なんでって……そんなの決まってるでしょ。お嬢様のことが好きだからよ」

「——へ？」

　一瞬頭の中が真っ白になる。

（好き？　俺が……咲耶を？）

脳裏に幼なじみの姿が浮かぶ。

「いや……いやいやいやいや……。ないですって。それはない。あり得ないですって」

「どうしてよ？」

「どうしてって、だって咲耶ですよ咲耶！」

物心つく前からずっと一緒に育ってきた兄妹のような存在だ。今さらそんな咲耶のことを好きになるなんておかしいではないか。大体好きになる相手と言うには、あまりにわがままずぎる。はっきり言ってあんなわがまま娘はごめんである。

付き合うならばやっぱり大人の女性がいい。それこそ聡子みたいな女性が……。

だから咲耶を好きになることなんかあり得ない。

「違います。ぜ……絶対に違う！」

首を左右に振って否定する。

「本当に？」

けれども聡子は引いてくれない。それどころか覗きこむようにこちらを見つめてきた。

「ほ……本当！　本当ですよ！」

ジッと向けられる視線。目と目を合わせていると、なんだか心の中まで覗きこまれるような気がしてしまう。だから反射的に視線を逸らしながらそう答えた。

ただ、そうして咲耶への好意を否定しつつも――なぜか脳裏には幼なじみの姿を思い浮かべてしまう。

いつも通りの小生意気な顔だ。憎たらしさすら感じるくらいに……。

だというのにどうしてだろうか？　なぜかドキドキする。咲耶の姿を思い浮かべるだけで、身体中が切なく疼くのを感じた。

「ねぇ智也くん……。素直になりなさい」

「素直って……お……俺は十分素直ですよ」

「そう……。だったらもうなにも言わない。これ以上の答えはもう話せそうにないから。だけど、でも……最後に一つだけアドバイスしてあげる」

「アドバイス？」

「……ひねくれ者の智也くん。たまには自分の心に従いなさい。自分が思ったとおりに動いてみるの。後悔だけはしないようにね」

「自分の思ったとおりに……」

心に刻みこむように、気付けば聡子の言葉を反芻する自分がいた。

「それじゃあ答えを聞かせていただいてもよろしいでしょうか？」

翌日、予定通り斑鳩邸を訪れた聡莉を応接間にて迎え入れた智也は、咲耶と共に彼女の前に立った。

『執事ならしっかりお嬢様の大事な場面に立ち会いなさい』

と、聡子に言われたためである。

だからといって自分にできる仕事はない。やるべきことは、婚約するという咲耶の宣言を聞き届けるということくらいだった。

なので黙ってここに突っ立っていればいい——はずなのに、なぜか早鐘のように心臓がドクドクと鳴り響いていた。どうしてだろう？　身体中から汗が溢れ出してくる。咲耶の背中を見つめていると、それだけで胸がキュウッと締まるような切なさを感じた。

なぜ？　どうしてこんな反応をしてしまうのか？

『お嬢様のことが好きだからよ』

脳内に聡子の言葉が反響する。

『自分の心に従いなさい』

（自分の心に従う？）

『後悔だけはしないようにね』

（後悔……）

昨晩からずっと頭の中をグルグルと同じ言葉が駆け巡っていた。

「私の答えは……」

そんな智也の目の前で、咲耶が口を開く。

（俺は……俺は——）

後悔だけはしないように。自分の心に従い、思った通りに動く——

「ちょ……ちょっと待った！」

気がつけば智也は応接間中に声を響かせていた。

「な……なによっ!?」

「どうかしたんですか？」

ビクッとしながら咲耶が振り返る。聡莉が不思議そうに首を傾げた。ただ一人、聡子だけが不敵な笑みを浮かべる。

それらの視線を感じながら（や……やばい……。やっちゃった……）と、結構テンパってしまう。

（いや……でもこうなったらお……思った通りに動いてみるまでだ！）

けれどもその焦りを意思で抑えこむと、まっすぐ幼なじみを見つめた。

「な——なによっ……」

こちらがなにかを言おうとしていることを察したのか、咲耶が首を傾げる。

「す――」

そんな彼女に対して、大きく息を吸うと共に口を開いた。

「す？」

「するなよ！」

そしてきっぱりと告げる。

「するなって……な、なにをよ？」

「なにをって……婚約だよ。け……結婚だよ！　け……けけ……結婚なんかするな咲耶！」

「なっ！　い、いきなりなにを言い出すのよ！　どうして智也がそんなことを？　これはその……私の……斑鳩家の問題なのよ！　智也には関係ない話じゃない！」

「関係なくなんかないっ！」

確かに咲耶の言葉はその通りかも知れない。けれどもそれをきっぱりと否定する。

「関係なくなんかないって……ど、どういうことよ？」

「どうって……だって……その……だってなぁ……。俺は……その……俺は……」

言葉につまってしまう。これから言わんとしている言葉は簡単に口にすることができないものだった。言うと決意したはずなのに、この期に及んで緊張してしまう。

「俺は？　なによ！　はっきり言いなさい！　言ってくれないとわからないんだか

ら！　だから……言って！　教えなさい！　智也の気持ちを私に教えて!!」

しかし、そんな智也の背中を咲耶が押してくれる。

迷うようなことはなにもなかった。躊躇うようなこともない。

拳を握り、大きく息を吸うと、智也は口を開く。

「俺は――お前の……咲耶のことが好きなんだ！　だから……だから……け……結婚なんかするな！」

一晩中考えた末、今、この場でようやく辿り着くことができた答えをきっぱりと口に出した。

「………………………」

刹那、咲耶はポカンッと口を開いてこちらを見つめてくる。

「それ……本気で言ってるの？」

「俺は本気だ」

「……そう……。わかった……」

なにかを考えるような表情を浮かべた後、幼なじみは頷く。そして――お嬢様はこちらへの答えを保留したまま、改めて聡莉へと視線を移した。

「……ちょっとアクシデントがありましたけど、今回の件に対する私からの答えです」

「え？　あ……はい」

聡莉はわずかに気遣うような視線をこちらへと向けた後、頷く。そんな彼女に対し、咲耶は口を開いた。

「私は……斑鳩咲耶です。斑鳩家の次期当主。だから私は斑鳩家のために生きていきます。斑鳩のためになることだったらなんでもするつもりです。それがこの家に生まれたものとしての宿命ですから。だからこのたびのお話——」

淡々とお嬢様は告げる。

この言葉に——智也は自分の心が萎れていくのを感じた。なんだか涙が流れそうになる。だってそうではないか。咲耶の言葉の意味を考えれば、彼女の答えは自ずと見える。見えてしまうのだから……。

「お受け致します」

そして、実際その想像は当たった。

(そりゃ……そうだよな……)

身体中から力が抜けていく。

だが——

「と、言うのが本来あるべき答えなんですが、申し訳ありませんが今回の話——お断りさせていただきます」

「——え？」

次の瞬間、智也の頭の中は真っ白になった。

お断り？　今、咲耶はお断りと言った？　聞き間違いだろうか？

「その心は？」

いや、聞き間違いではない。だって聡莉も聞き返しているから……。

＊

聡莉の言葉に咲耶は口元をほころばせて笑う。

「その心……それは簡単なことです。結婚しない方が斑鳩のためになると考えたからです」

「どういう意味ですか？」

「そのままの意味ですよ。だって……私が結婚したら斑鳩のためにいて欲しい人がいなくなってしまうから……。その人がいないと私は斑鳩のために頑張りたくても頑張れなくなってしまうから……。だって……」

そこでいったん言葉を切ると、咲耶は幼なじみ執事を見つめた。

ポカンと口を開いた間抜け面でこちらを見ている智也を……。

（ようやく気づけた。私の……素直な気持ちに……。確かに私鈍感だったわ……）

自嘲気味な笑みが自然と口元に浮かぶ。

「だって私も……私も智也のことが好きだから……」

はっきりとそう口にすると――

「智也」

ゆっくりと「さ、咲耶？」戸惑う彼に近づいていき――

「んっちゅ」

聡子と聡莉の前だけれど躊躇うことなく、その唇にキスをした。柔らかく温かな、心地いい唇の感触を堪能する。

「「んなっ!?」」

まさかここまでやると思っていなかったのか、姉妹は同時に目を見開いた。

「と……いうわけです。ですからごめんなさい」

二人の反応にちょっとした優越感を感じながら、改めて聡莉に対して頭を下げた。

これに対して聡莉は――

「そうですか……。はぁあああ～、よかった。ちょっとひやひやものでした、受け入れられちゃったらどうしようって」

そう言って肩の荷が下りたように盛大に息を吐く。

「でも私が言ったとおりだったでしょ姉さん。絶対二人は最後には素直になるって」

「確かにね……。あんたの言うとおりだったわ」

「――え？」

姉妹の見せる反応に今度は咲耶たちが呆然とする番だった。

よかった？　一体どういう意味だろうか？

「簡単なことです。最初からこの話は嘘だったんですよ」

混乱していると、それに対する答えを聡子がくれた。

「う……嘘？」

「それってどういう意味ですか？」

ますますわけがわからない。

「もちろんそのままの意味ですよ。最初から斑鳩と片桐の婚約話なんてなかったんです。だって……片桐春馬なんて人間存在しないんですから」

「存在しないって……だって写真が……」

「これですか？　この写真……これ、偽物です。いわゆるCGって奴ですよ。つまり、

「全部嘘だったというわけです」

ニッコリと聡莉が笑った。

「嘘……え？　じゃあなんでこんなことを？　お……お父様まで巻きこんで……。なんで？　どど……どういうことなの？」

「どうって、簡単なことですよ」

フフッと聡子も笑う。

「お嬢様と智也くん――意地っ張りなお二人に素直になってもらうためです♪」

その笑顔は、これまで見てきた聡子のどんな笑顔よりもとても楽しげで、美しいものだった。

ツンデレ？ アンタ以外と結婚するワケないでしょ！

「あああああ、もうっ!!」

聡子が久々に姉と出かけてくるといって屋敷を出ていった後、自室にてお嬢様は大きな声を上げる。

「い、いきなりなんだよ？」

唐突なことに智也は驚き、ビクンッと身体を震わせた。この反応に幼なじみはチラッとこちらへと視線を向けると「なんだよじゃないわよ。はぁあああ……」と大きなため息をつきながら首を左右に振った。

「ちょっと考えてみなさいよ。私たち……聡子にかつがれたのよ」

「まぁそれは確かにそうだけど……」

あの後の会話を思い出してみる。

『素直になってもらうためって……どうしてそんなこと……』

『どうしてって決まってるじゃないですか。お嬢様も智也くんも端から見ればわかりやすすぎるくらい互いを想ってるのに、いつまで経ってもそれを口にしないんですもの。二人の性格的に放っておいたら一生素直な気持ちなんて口にしなかったでしょうし……。ですので、旦那様にも相談して一芝居打ったというわけです』

そのために実際には存在しない片桐家の縁戚なんて存在まで創り出したという。本当に咲耶が引き受けていたらどうするつもりだったのだろう？

『それはありませんよ。だって……お嬢様は智也くんのことが大好きですから』

そう語る聡子の表情は自信に満ち溢れたものだった。

その自信もわからないわけではない。なぜならば実際に互いの想いを告白し合ったわけで――

チラッと咲耶を見つめる。

今日もワンピースを身に着けた幼なじみは、美しい金色の髪を揺らしながらプリプリしている。

（うあっ……。可愛い……）

ずっと見慣れてきた顔だ。だというのに、なんだかこれまで以上に美しく、そして可愛らしく感じる。咲耶を見ているだけで顔が赤くなり、胸が脈動していくのを感じた。

「な……なに顔を赤くしてるのよ！　そんな顔してる暇があったら聡子をギャフンと言わす方法を考えなさい！　主を騙した罪を思い知らせてやるわ！」

「いや……でもさ……」

「なによ？」

「その……なんていうか……。確かに騙したのはあれだと思うけど、そこまで怒る必要もないんじゃないかな？」

「どうしてよ？」

「どうしてって……だ、だってそうだろ？」

そこでいったん言葉を切ると、改めて咲耶と正面から向き合う。

「その……聡子さんがいなかったら実際想いを伝え合うことはできなかったわけだし……」

「そ……それは……」

「それとも、騙されてたからさっきのこ……ここ……告白はなしってこと？」

小首を傾げて尋ねると、

「そんなことないわよっ!!」

すぐに部屋中に咲耶は答えを響かせた。耳がキーンとするほど大きな声である。

「あっ！　こ……これはその……」

自分がどんな声を漏らしてしまったのか咲耶も気付いたらしく、すぐに顔を真っ赤に染め、オロオロし始めた。が、しばらくそうした後、やがて覚悟を決めたのか……。

「こ……告白をなしになんかしないわよ。私はい……斑鳩の次期当主よ。一度口にしたことを簡単に覆したりはしないわ！　だからその……と……智也のこと……す、好きよ」

相変わらず言い方は素直ではない。それでも、咲耶が自分のことを好きだと言ってくれた。それが堪らなく嬉しい。

「咲耶っ！」

幼なじみを思う気持ちが溢れ出す。気がつけば身体は勝手に動き、彼女の身体を抱き締めていた。

「ちょっ！　な……なにいきなり抱きついてるのよ！」

ギュッと背中に手を回すと咲耶は抗議の声を上げてきた。けれども本気で抵抗はしてこない。

「ごめん。でも……我慢できなくて……。咲耶……お、俺も好きだ。咲耶のこと……す、すすす……好きだ！」

やっぱり想いを伝えるのは恥ずかしい。けれどもこれまで素直になることができなかった鬱憤を晴らすかのように素直に気持ちを伝えると、そのまま唇に唇を重ね合わせた。

「んっふ」

「んんんんん」

柔らかな口唇の感触が伝わってくる。とても温かい。なんだか幸せな気分になってくる。感じているだけで、脳髄が蕩けてしまいそうなくらいに心地よい。

ただ一度のキスだけでは満足できない。もっと――もっともっともっともっともっと、この感触を楽しみたい。本能が激しく訴えかけてくる。

「咲耶！　咲耶咲耶咲耶っ!!」

増幅する情動の赴くままに、幼なじみの名を何度も呼びながら口付けを繰り返す。

「んっちゅ……むふっ！　んっふううっ……。んっんんっ……んちゅううう」

唇と唇を重ねるたびに、咲耶は甘ったるい吐息を漏らす。この音が耳に届くたび、背筋がゾクゾクとするのを感じた。自然彼女を抱き締める手に力がこもっていく。これに応えるように、咲耶もこちらの身体を強く抱き締め返してきてくれた。それどころか――

「と……智也……」

潤んだ瞳でこちらを見つめながら名前を呼んできたかと思うと――

「んじゅるっ！　もっちゅ……。もぼっ！　むっも……おむ……むちゅるっ！　ちゅっぽ……おじゅっ！　んっちゅっ！　ちゅっちゅっちゅぼぉ」

自分から舌を挿しこんでくる。自ら口腔を貪るように舌を蠢かせてきた。

舌に舌が絡まる。繋がり合った唇と唇の間からぐっちゅぐっちゅという淫靡な音色が響き始めた。

口端から唾液が垂れ流れ落ちるほど濃厚な口付け。

口腔粘膜と舌を擦り合わせながら、互いの口に互いの唾液を流しこむ。そうしてひたすら口付けを続ければ続けるほど、全身が発熱でもしたかのように火照り始めていく。当然のように肉棒も硬く屹立していった。

ズボンを持ち上げるほどに勃起するペニス。自然とこれを咲耶の腰に押しつけてしまう。

「ちゅぶるっ！　はっじゅ……もちゅろっ！　むっふ……んっちゅんっちゅんっちゅ」

すると咲耶は舌の動きをより激しいものに変えながら、まるで肉棒を擦り上げるみたいに腰をゆっくりと動かしてきた。ズボンの上からではあるけれどとても気持ちがいい。それを証明するように、ビックンッビックンとペニスは激しく震えた。

「んっふ……はふぅ……。この……しゅけべっ」

「悪い」

「んふっ……。謝るひちゅようなんかないわよ。んっちゅ……はむっ……んれろっ……むちゅうう……。はぁっはぁっはぁっ……わらひれこんにゃにしてくれてるんれしょ？　むしろ……う、嬉しいくらい。らから……はむっ……んじゅるるぅ……。はぁっはぁっはぁっ……も、もっろ……もっろきもひよくしてあげるわね」

「も……もっと？」

「ふふっ」

小悪魔みたいに咲耶は笑うと、口付けを続けたままソッと手を伸ばし、ズボンの上から肉棒に触れてきた。そのままゆっくりと肉茎を擦り上げ始める。

「うっく！　うあああっ」

あくまでもまだズボン越しの行為でしかない。だというのに、まるで全身を指で撫で上げられているかのような快感を覚えてしまう。肉棒に絡んだ手が上下に蠢くたびに、智也の身体は何度も震えてしまった。

「んふふふ」

この様を見つめながら咲耶はキスをしたまま瞳を細めて笑う。

(う、なんか悔しいぞ！)

なんだか好きなように弄ばれてしまっているような気がした。

（お……俺だって！）

　自分だけが一方的にやられるのは嫌だった。咲耶にも気持ちよくなってもらいたいとも思う。だから愛撫によって身をくねらせつつ、智也も手を伸ばして咲耶の身に着けたワンピースのスカートを捲り上げると、ショーツに指を這わせた。

「んふううっ！」

　途端に咲耶の腰は放電でもされたかのようにビクンッと跳ねる。どうやらこの状況に幼なじみも相当興奮していたらしい。指先に伝わってくるショーツの感触は、すでに湿ったものになっていた。まるでお漏らしでもしたかのようにぐっしょりと濡れそぼっている。

　自分とのキスでこれだけ興奮してくれているのだと考えると、もっともっと感じさせてやりたいと思えてきた。

　その想いの赴くままに、這わせた指でクロッチ部分を擦り上げ始める。ぐっちゅぐっちゅという淫靡な音色を響かせながら、ショーツの上から秘裂を何度も擦り上げた。

「あっふ！　んふあっ！　あっく……あっあっ……あんんん。むっちゅ……あじゅあっ！　はむっ！　んじゅるる……んふううっ！」

　甘い嬌声が上がる。ガクガクと咲耶は膝を震わせた。ほんの少し愛撫しただけだというのに、分泌される愛液量はさらに増えていく。すぐにでも達してしまうのではないかと思えるくらいに、彼女が見せる反応は過敏なものだった。

ただ、それだけ感じつつもキスと肉棒に対する愛撫を中断しようとはしない。それどころかこちらが愛撫すればするほど、それに比例するように肉棒を擦り上げる手にも力がこもってきた。

「あっふ……はぁっはぁっ……んんんん。こんなにお……おちん×ん大きくして……。んっちゅ……はむうう……。興奮しすぎ……あっあっ……よっ。んふぁああああ」

「そう言う咲耶だって濡らしすぎだっての。くううう」

「う……うるさい。んっふ……あふぁああっ！　そりゃた……確かに感じてるけど……その……あ、あんたより先に絶頂《イ》ったりしないんだから！」

「それはこっちの台詞だよ！」

「い……あああ……言ったわね！　その言葉……んんん！　こ、後悔……あっあっ……後悔させてやるんだから！　んんんんん」

気持ちを素直に伝え合いはしたものの、咲耶の本質は変わっていない。幼なじみは挑戦的にそう言うと同時に、口付けしたまま器用にこちらのズボンを脱がせ、ビョンッと肉棒を剝き出しにしてきた。

「あんんんん……。はぁっはぁっ……。あんたこれ……もう先っぽヌルヌルじゃない。あむうっ……。指にネチャネチャした汁が絡んでくるわ……。はぁっはぁっはぁっ……んっふ……もちゅう……。もっもっもほぉ……。はぁはぁはぁ……。こんなにおちん×ん膨らませて……す、すぐにでも射精《で》ちゃいそうね。んんんん」

その言葉通り肉先からはすでに多量の先走り汁が溢れ出している。咲耶は挑戦的な視線でこちらを見つめつつこれを指先で絡め取ると、肉棒全体にこれを擦りつけるように激しい手淫を開始してきた。

「うっく！　くぁあああ！」

掌と濡れた肉茎が擦れ合うグジュッグジュッグジュッという音色が周囲に響き渡る。ズボンの上からでも十分すぎるほど感じてしまっていたのに、今度は直接の愛撫だ。先程までの性感を超えるほどの刺激が走る。

「凄い……。はぁっはぁ……んちゅるる……んっちゅ……んふうっ……。手の中でビクビク震えてる。これ……んむっ……もっちゅ……もっもっもほぉおお……。んふぁああ……。こっれ、射精そうなの？　もしかしてもう射精そうになってるの？　ふふ……わ……私を先に絶頂かせるんじゃなかったのかしら？」

「ま……まだだ。これ……こっれく、らいで……い、絶頂ったりしないっての！　あんまり調子に乗るなよ！　こ……これでどうだ！」

実を言うとすぐ射精てしまってもおかしくはなかった。だがそれは悔しい。自分だけ一方的に絶頂かされるなんてごめんだった。それに――

（咲耶にも一緒に気持ちよくなってもらいたい）

という思いもある。

爆発しそうになる性感を抑えこみつつ、スカートの中に入れた手でショーツを横にずらすと、直接秘部に指で触れた。

「くひっ！」

腰が跳ねる。

もちろん触れるだけで終わるつもりはない。愛液を指で絡め取るように、淫靡な花弁を指で擦り上げ始めた。

「あっは！　んっ！　んひんっ」

襞の一枚一枚を丁寧になぞりつつ、陰核を転がすように刺激する。時には膣口を押し広げ、膣中にまで指を差しこんでいく。

「ひぁあああっ」

ガクガクと膝が笑った。ジュワリッと愛液が溢れ出し、太股を伝って流れ落ちていく。

「咲耶の膣中《なか》――もうグショグショになってるよ」

言葉通り膣中は愛液に塗れていた。襞の一枚一枚が、指先に絡みついてくるのがわかる。

「あふあっ！　んっんっんんん……。ふっちゅ……むふううっ。ふうっふうっふうっ。そ……そんな嘘つくんじゃないわよ」

「嘘なんかじゃないよ。ほら……こんなにエッチな音がするよ」

当然挿入しただけで終わるつもりはなかった。肉壺をかき混ぜるようにゆっくり指を動かしていく。

「あっ！　そ、それ駄目！　んっひ！　あっあっあふぁあああっ！　や……駄目よ！　動かしちゃ……んんんん！　動かしちゃ駄目ぇっ」

「どうして？　なんで動かしちゃ駄目なの？　やっぱり絶頂きそうだから？」

「え？　そ……そんなんじゃないわよ！　こ……こんなことでこの私がい……絶頂ったりなんかするわけないでしょ!!」

「そう。だったら動かしたって問題ないよね」

「——あっ！」

しまった！　といったような表情を咲耶は浮かべる。しかし、今さらそんな表情を浮かべたところでもう遅い。

ぬっちゅぬっちゅと淫猥な水音を奏でながら、膣中をかき混ぜるように指を蠢かせた。

「んひっ！　あっひ！　あっあっ……くひぁあああっ！」

ほんの少し指を動かすだけで、過剰なまでの反応を幼なじみは見せる。指を抜き差しするたびに、卑猥な花弁からは止まることなくエッチな蜜が溢れ出してきた。指が押し潰されてしまうのではないかと思うくらいに、肉壁がキュウウッときつく収縮してくる。

感じている。間違いなく咲耶は性感を覚えている——そう思うと心が弾む。さらに感じさせてあげたい。最高の快楽を刻みこんであげたい。

膨れ上がり溢れ出す想いのままに、より深くまで指を突きこんでいった。

「んんんん！　わった……私……あっあっ！　私だってぇっ！」

するとこれに対抗するように咲耶は手淫速度を上げてくる。いや、ただ手の速度を上げてくるだけではなかった。肉茎を扱きつつ、時にはカリ首を指先でなぞったり、時には円を描くような動きで肉先を刺激してきたりもした。さらには陰嚢にまで指を絡め、優しく揉みほぐすように刺激してくる。

「うぁああ！　こっれ……すっげ……やばい。これ……やばいよ」

「んふふふ！　いいわよ。射精《だ》したくなったらいつでも射精して」

「くっ！　まだまだぁっ！」

けれども射精感を必死に抑えこみ、咲耶への愛撫に集中する。わき上がってくる射精衝動から目をそむけるように、しつこいまでにひたすら幼なじみの秘部を責めて責めて責めまくった。

「ふっひ！　あっ！　あっ♥　あっ♥　あっ♥　あっ♥　あっ♥」

敏感部を責めると、すぐに表情を蕩かせ、甘い悲鳴を漏らす。その顔がとても可愛らしく、もっと見てみたい。もっと乱れた姿を見たいという本能を刺激してくる。

その想いのままにひたすら肉壺を弄くり回し続けた。

そんなこちらの動きに比例するように、ペニスへの刺激が増幅してくる。こちらが射精衝動を誤魔化しているように、愛撫することによって絶頂感を抑えこもうとしているのかも知れない。

「はぁっはぁっはぁっはぁっはぁ」

「んっふ！　くひあっ！　んっんっ……はふぁっ！　あっあっあふぅうう」

余計な言葉は一切口にせず、ただひたすら抱き合ったまま互いの性器を刺激し続ける。室内には熱い吐息の二重奏が奏で続けられた。

「んんんん！　はっむ……むちゅっ！　ふちゅうっ！　んっんっ――むじゅううっ！」

やがてどちらからともなく、再び唇を重ねる。

激しい生殖器への刺激とシンクロするように、互いの口腔を貪欲なまでに貪った。

そして――

「くっ！　んんんんん！」

「むっじゅっ！　はじゅうっ！　むっむっむふぅううううう♥」

ついに二人は同時に限界を迎える。

ドクッドクッと咲耶の手の中で肉茎を痙攣させながら、多量の白濁液を撃ち放った。それと共に幼なじみもその美しい肢体を震わせつつ、ブジュバアアッと膣口から愛液を失禁でもしているかのように噴き出させる。

「はっふ……ああぁ……。んふぁあああああ♥」

キュウッと肉壁を窄めながら、うっとりとした表情を咲耶は浮かべた。

＊

(凄い……。私の手……ぐっちょぐちょになってる……。こんなに射精すなんて……。そ、それだけ私の手で気持ちよくなってくれたってことよね……)

絶頂感に身を震わせつつ、咲耶は自分の手にこびりついた肉汁を見つめる。まるでパックでもされたかのように掌は白濁液でドロドロになっていた。これほど多量に射精してくれるほど感じてくれたのだと思うと嬉しい。

ねっとりとこびりつく牡汁。見つめているとなんだか喉が渇く。

「んっちゅ……はむっ……。むちゅう……」

気がつけば咲耶は自然と肉汁に塗れた指を口で咥えていた。チュパチュパと露骨な音を響かせながら、肉汁を舐め取っていく。

「んっふ……。はふぁあああ……。はあっはあっはふぅう……」

それほど美味しいものではない。正直に言えばとても不味いものだ。こんなものを舐めていたら、聡子のように味覚が狂ってしまうのではないか？　とさえ思ってしまう。だというのになぜだろう。智也のものだと思うと、もっともっと飲みたくなってくる。

「んちゅぱっ！　むっちゅ……ふちゅっ……。んごきゅっんごきゅっんごきゅっんごきゅっ……。はぁっはぁっはぁっ……はふぁああ……」

わき上がる本能のままに、指にこびりついた肉汁を最後の一滴まで飲み干した。

「さ……咲耶……。はぁっはぁっはぁっ……」

この姿を見つめる智也が息を荒くしてくる。視線を向けると、射精したばかりだというのに、明らかに先程まで以上に肉棒は大きく膨張していた。

白濁液に塗れたペニスがヒクッヒクッと震えている。この様を見ているだけで、キュンキュンと子宮が疼くのを感じた。

「大きくしすぎよ馬鹿。変態！」

「ごめん……」

「あ……謝る必要なんかないわよ。だ……だって私を見てそんなに大きくしてるんでしょ？　その……ち……ちょっと……う、嬉しいわ……」

「さ……咲耶……」

恥ずかしい。自分はなんて恥ずかしい台詞を言っているのだろう。

カアアッと顔が熱くなっていく。

「そ……その……なんか汁がついてちょっと汚いし……そ、掃除してあげるわね」

自分で口にした言葉ではあるけれど、頭がどうにかなってしまいそうな程の羞恥を覚えてしまう。智也の顔をまともに見ることができそうになかった。その恥ずかしさを誤魔化すように、咲耶は幼なじみの前にしゃがみこむと、白い汁に塗れ、ムワッとした生臭い匂いを放つ肉棒に——

「ちゅれろっ」

舌を這わせた。

「うあっ！　ちょっ！　だ……駄目だって！　その……いまはき、汚い……。汚いから。せめて拭いてからじゃないと」

「んちゅろっ……。べ、べちゅに。んっふ……。汚くなんかな……ないわよ……。はあっはぁっはぁっ……。智也のだったら汚く感じたりしない。んっちゅ……れろっ……。れちゅっ！　だから……お、おとなしくしてなさい！　ちゅぷっ！　れろっれろっれろぉ……」

なにを言われても行為を中断するつもりはない。

自分の手でペニスを綺麗にしてあげたい。もっと気持ちよくしてあげたいという想いにしたがい、ひたすら肉棒に舌を這わせた。

いや、ただ舌で舐めるだけでは物足りない。

「あっむ……もっ！　ふもっ！　もっぶ……もじゅっ！　じゅっぽじゅっぽじゅっぽっ！　むふー。むふー。むふううっ」

ついには口を開くと、喉奥まで肉棒を咥えこんだ。

（熱い。智也のおちん×ん……熱くて……す……凄く硬い。それに……大きくなる。まだ……まだ大きくなってくる。私で……私で興奮して膨らませてるのよね？　だったら……いいよ。もっと、もっと大きくして）

口内で肉棒がより大きく膨れ上がってくる。そんな事態に喜びを覚えながら、口唇で肉茎を挟みこみつつ、ズポッズポッと頭を上下に振った。

（こっれ……。大きい。大きいの……凄い……。唇が裂けちゃいそうなくらい……。こんな……こ、んなに大きくなるなんて……）

「じゅぽっじゅぽっじゅぽぉおお」

止まることなくペニスは膨張する。顎が外れてしまうのではないかと思うくらいに、咲耶は大きく口を開くこととなった。当然のように口端からはダラダラと唾液が垂れ流れ落ちていく。正直なことを言えば、亀頭によって喉奥を塞がれてしまい苦しかった。

だが、それでも口奉仕を止めようという気分にはならない。それどころか、ペニスの膨張を感じれば感じる程、より頬を窄めて肉棒を啜り、さらにねっとりと肉竿に舌を絡みつけていった。

「んっふ……むふー。むふー。むふー」

顔の動きに合わせて抜き差しされるペニスがデロデロの唾液塗れとなっていく。ただでさえ溢れ出ていた先走り汁が、より多量に分泌されてくるのを感じた。

「んっぎゅ……ごきゅっごきゅっごきゅっ……」

(広がる。熱いのが……はぁっはぁっ……私の中に広がってく……)

体内が熱気で満たされていく。この熱気に引き摺られるように、ジンジンと子宮が疼き始めるのを感じた。

クパアッと秘裂が左右に開き、白く濁った愛液が溢れ出す。

「んふっ！　もっもっもっもっ——もっぷ……むじゅっぽ！　じゅずるるる……。もっもっもぼぉ」

異様なまでのもどかしさを感じ、クイックイッと腰を左右に振り、切なげに太股同士を擦り合わせながら、ひたすら口奉仕を続けた。

「やばいっ！　も……もう射精る！　あああ！　こ、これ以上は！」

そうして頑張ったおかげだろうか？　ついに智也は限界を伝えてきた。

「い……いひわよ！　らひて♥　んっじゅ……。もっじゅもっじゅもっじゅもっじゅっ……おもぉおお……。ふー♥　ふー♥　ふー♥　わらひのくひに……しぇ、しぇーえき……たくしゃんだひていいわひょ！」

行為を止めるつもりはない。それどころかこれまで以上に智也を責める。

愛撫に合わせて切なげな表情を浮かべる幼なじみの姿を上目遣いで見つめながら、より深くまで肉棒を咥えこんでいった。

「感じて……。わらひれ……おっぽ……もっもっもほぉ。わらひれ……はぁっはぁっはぁっ……んっじゅ……ふじゅるるるぅ……。ちゅばちゅば、んむうう……き、きもひよくなっへ♥」

喉奥にペニスを咥えたまま微笑む。

「さ……咲耶っ！　咲耶ぁあっ！」

刹那、智也は叫ぶようにこちらの名を呼ぶと、後頭部を両手で押さえ、まるで膣でも犯している時のような激しさで腰を振り始めてきた。

「——おっご!?　もぼっ!!　おっぼ！　もっぼもっぼもっぼもっぼもっぼ！」

屹立によって口内が無理矢理蹂躙されていく。まるで玩具のように頭は揺らされ、繰り返し喉奥に肉槍が突き立てられた。

「ふっじゅ！　あぶあっ！　ぶぼっぶぼっぶぼっぶぼぉおお！」

（すっごひ！　は、はっげし……。い、息が……息ができなひ。こっれ……く、苦しい。だけど……でっも、感じてる。とっもやが、それだけ私で感じてくれてるんだ……。嬉しい。いいよ。もっと……おっご……ふぼっ！　もっとおぐまれ……。おっぐまれちゅいでぇえ）

息がつまるのは苦しい。喉奥を突かれるたびに眦からは涙が溢れ出してくる。それでも止めてくれとは思わなかった。

「むっじゅ……。あぶっ……もじゅうっ！　んっふ……ひいよ。らひっれ……おっおっおっ……わっらひの……わらひのなっかにらひてぇえっ！　はじゅっ……ちゅれろっ……ちゅっぽ……んじゅじゅっ——ふじゅううっ!!」

それどころかより頬を窄め、より舌を絡みつかせる。潤んだ瞳で「射精して♥」と訴えかけた。

そして——

「くっ！　咲耶！　でっる！　咲耶！　もうっ……もう射精るっ!!」

ついに口内で肉棒が弾けた。

ドクンッドクンッと多量の肉汁を肉先から撃ち放ってくる。

「おっご！　おびょおおっ！　ぼっぼっ――ぶぼぉおおおっ!!」

二回目の射精だというのに、溢れ出した白濁液の量は一度目の射精を超えるほどのものだった。

一瞬で口腔は満たされ、頬が内側からブクッと膨れる。それでもなお受け止めきれないほどの量。鼻からもビュビュッと噴き出してしまうくらいだった。

「あっぶ……はっ……あっふ……。むふっ……。おっおっおっ……」

(凄い……。くっち……。口の中……いっぱい……智也のせ……しぇーえきれいっぱいらぁ♥)

口内が熱気と苦みに満たされる。

ズボッとペニスを引き抜かれると、すぐにも零してしまいそうだった。

けれどそれは耐える。せっかく射精してくれたものを吐き出すなんて勿体ない。

「んっふ……んごっきゅっ！　ごきゅっごきゅっごきゅっ……。んげっほ！　おげっ！　ぶっふ……。はぶぁあああ……。んっぎゅ……んぎゅんぎゅんぎゅぅう」

だから飲む。

歯の一本一本や喉に絡みつくほど濃厚な牡汁を、何度も噎せながら智也の前で飲み干していった。

(ああ……。これ……。不味い。不味いのに……どうして？　まっずいのに……お、美味しく感じて……。あっあっあっ……。こっれ……くっる。なにか……あああ。なにか来る！　嘘？　い……絶頂きそう？　わったし……絶頂きそうになってる!?　嘘でしょ？　飲んで……せーえき飲んでるだけなのに……私……わたひぃっ！）

胃の中に広がるドロドロの粘液。身体の中に智也の熱気が染みこんでくるかのような感覚だった。その感覚が性感に変わっていく。別に愛撫されたわけではない。ただ肉汁を飲んだだけにすぎないのに――

「いっぐっ！　あっあっ――いぎゅっ！　いぎゅのぉおおっ♥♥♥」

　咲耶は達した。

*

「はふぁ……。はぁっ♥　はぁっ♥　はぁっ♥」

目の前で何度も咲耶が熱い吐息を漏らし、肩で息をする。

（絶頂った……。い、絶頂ってる……。咲耶が……俺の……俺のを飲んで絶頂った。飲むだけで……絶頂ったんだ）

　全身汗塗れになった幼なじみの身体から、ムワッと鼻腔をくすぐる発情臭が溢れ出す。口周りを白濁液で汚した咲耶の姿にすでに二度も射精を終えたというのに、肉棒は萎えることなくより硬く、熱く屹立を始める。

「あっふ……ま……まだそんなに大きく……」

「咲耶……その、が……我慢できそうにない」

ストレートに想いをぶつける。すると咲耶は「…………」無言でギシッとベッドに上がると仰向けに横になり、脚をM字に開いた。同時に指を秘裂に添えると、躊躇なくクパッと左右に開く。ぽっかりと膣口が口を開ける。愛液に塗れたピンク色の柔肉が剝き出しとなった。

「いいわよ……。来て……。わ……私も……も、もう……が、我慢できないから。智也と……一つになりたいから」

顔を真っ赤にしながらそう気持ちを伝えてくる。

意地っ張りな幼なじみが、本気で自分を求めてくれていた。それが嬉しい。より愛おしさが膨れあがっていく。

「好きだ！　咲耶大好きだっ!!」

本能のままに自分もベッドに上がる。が、ここで「あ……ご、ゴム」コンドームがないことに気付いた。

「構わない。いいから……そのまま来て」

「いいのか？」

「……ええ。そのままの智也を感じたいから……。その……わ……私も……とと……智也のことが……す……す……き……。好き……だから……。だから来て智也。智也とだったらいいから……。だから、お願い」

今にも泣き出しそうな顔を真っ赤にしながら求めてくる。この瞬間、智也の理性はプツンッと切れた。

「咲耶っ！　咲耶っ!!」

愛しい幼なじみの名を呼びながら、肉先を濡れに濡れた膣口に押しつける。ただそれだけで襞の一枚一枚が肉先に絡みついてきた。その柔らかさと熱気を感じながら、智也は腰を押し出していく。

「あああっ！　んっひ！　き……きたっ♥　あっあっ——挿入《はい》って、挿入ってきた♥　智也……んんんん！　とっも、やの……お……おちん×ん。おちん×んが私の膣中に挿入ってきたぁ♥　凄い。大きい。大きくて、あ……熱いので……あっあっあっ！　んっひんんん！　ひっろ……広げられてく私の膣中が広がってくぅ」

ズブズブと肉壺にペニスが沈みこんでいった。キュウキュウと肉槍を締め上げてくる膣壁を、怒張で拡張していく。腰を突き出せば突き出すほど、結合部からはドロオッと多量の愛液が溢れ出してきた。

もう何度もセックスしてきたというのに、相変わらず咲耶の膣中は狭い。肉棒が押し潰されてしまうのではないかと思ってしまう程だった。しかも、初めての生セックスである。これまで感じてきた以上に肉襞が竿に絡みつき、ほんの少し挿入しただけなのにすぐにでも射精しそうになってしまう。

だが、自分だけ気持ちよくなるわけにはいかない。咲耶にも感じて欲しかった。咲耶にも蕩けるほどの快感を与えたかった。

射精衝動を抑えこみつつ、肉壁を拡張し、一気にドジュッと子宮口を肉先で突く。

刹那――

「ふっひ！　おおおお！　こっれ……。う、嘘っ！　あっあっあああ！　うっそ！　まっだ、いれ――挿入《い》れられた……ばっか、ばかりなのに……これ……わだひ……ふっひ！　ひっひっひいいい！　絶頂っく！　あああ！　き、気持ちいい♥　絶頂くの！　絶頂くっ！　いぐいぐいぐぅぅぅ♥♥♥」

どうやら咲耶も絶頂感に耐えていたらしく、膣奥を突いただけで絶頂に至った。同時にキュウウッと肉壁が収縮し、これまで以上の激しさでペニスを締め上げてくる。

「くぁああっ！　こっれ……や、やばい！　くっ！　くふううっ！　射精る！　が、我慢できない！　でっる！　射精るぅううっ!!」

ただでさえ限界近い状態にあった肉棒――これ以上射精衝動を抑えることなどできなかった。

灼熱のマグマのように熱い肉汁を、肉先から一気に咲耶の子宮に向かって解き放つ。思考能力まで蕩けてしまいそうな程の性感に震えながら、ドクッドクッドクッと智也は白濁液を流しこんだ。

「あああ！　で、射精てる！　こっれ……熱いの！　熱いのが射精てる♥　あああ。わかる。わった……わったしの、な……膣中に……熱い汁が広がってくるのがわかりゅ♥　あああ……無理。絶頂っく！　これ……私絶頂っちゃう♥　絶頂った……絶頂ったばかりなのに、まった……まだぁあああ！　んひぃいい！　あっあっあっ……あーあーあーあーあー♥　いぐの！　いっぎゅ！　いぎゅいぎゅいぎゅいぎゅっ――いっぢゃうのぉ♥」

この射精に合わせるように、先程達したばかりの咲耶がまたも絶頂に至る。ビクッビクッと陸に打ち上げられた魚のように何度も肢体を痙攣させせながら、甘い声で噎び泣いた。

（絶頂ってる。咲耶が俺で……俺で絶頂ってる）

幼なじみが達する姿により興奮が煽られていく。一度の射精くらいではとても満足などできなかった。

もっと、もっともっともっともっと味わいたい。咲耶の身体を滅茶苦茶にぐちゃぐちゃにしたい――本能がそう繰り返し訴えてくる。膨れ上がる情欲。それに比例するように、肉棒は萎えるどころかますます硬くなり、膨れ上がっていった。

「嘘っ!?　ま、まだ……まだ大きくなってる。だ……だひた……はっひ……はひー♥

はひー♥　はひぃいい♥　だっした、ば、ばっかりなのに、まだ……まだ大きくなってる」

これにはさすがの咲耶も驚いたような表情を浮かべる。

「だ……駄目。まだ……もう少し……もうすっこしだけ……や……やしゅませて……。おにぇがい……しゅ、しゅこひらけれいいから……」

「ごめん咲耶。そう言われても無理。我慢できない。だからいくよ！」

自分自身を咲耶の身体に刻みこみたい——その思いは止まることなく膨れ上がっていく。なにを訴えられたところで、この想いを抑えこむことは最早できそうになかった。

だから腰を振る。本能と情欲の赴くままに、ジュバンッジュバンッジュバンッジュバンッと肉棒を繰り返し膣奥に叩きつけた。

「んっひ！　ふひぃい！　あっふ！　あんっあんっあんっあんっあんん！　だっめ！　駄目ってい、いってるのっに！　んひいいっ！　あうっあうっあふううう！　うご、動いてる。あああ！　なっかで、わた……わったひのなかれ、智也の……あふぁああ！　と、もっやの、おち……おちん×んがうごいでっりゅ！　あああ！　らっめ、ぐじゃぐじゃ！　なっか、わらひのなっかが、ぐじゃぐじゃになりゅう！　んひいいっ！　こっれ、いぎゅ！　あああ！　こんなにはっげしくされたら、また、まったいぐ！　まだいっぢゃうのぉ♥」

肉壺を抉るようにペニスを突きこむたび、肉襞がより竿に絡みついてくる。結合部を中心にドロドロに身体が溶けていくような気がするほどの心地よさを覚えた。それだけ咲耶が感じているのだと思うと、ますます愛おしさが膨張していく。

「いいよ絶頂って！　咲耶が！　咲耶が絶頂くところを見せて！　俺も絶頂く！　俺もまた絶頂くから——だから……絶頂って……咲耶っ!!」

募る思いのままにキスをする。

「むっちゅ！　はむうっ！　んっじゅっ……もじゅっ！　もっぽ！　おぼっ！　むちゅっぽ！　もっちゅもっちゅもっちゅ……ふちゅうう♥」

もちろんただのキスじゃない。深く深く口腔に舌を挿しこみ、咲耶の口内をグチョグチョになるまで貪った。これに幼なじみも応えてくれる。絶頂くのは嫌だと言いながらも、自ら積極的に舌を絡めてきてくれた。

秘部と口——二つの穴で繋がり合う。口内で蠢く舌によってペニスが舐めしゃぶられているかのような気分にさえなってくる。

高まる興奮と快楽。

すでに三度も射精しているというのに、またも射精衝動が増幅してくるのを感じた。我慢することなどとてもではないができない。

キスをしたまま智也はより腰を突き出した。ただ子宮口に肉先を当てるだけでは終わらない。亀頭で膣奥を押し開いていく。

「もっ！　おっおっ——ふほぉおおお！　は、はいっれ……はいっれきった♥　なっか……し、しぎゅーのなっかにまれ、智也……とっもやのが、はいっれ、はいっれきたぁあ！　おっおっ……むほぉおおお！」

ズンッと子宮壁を叩くほど奥まで肉槍を突きこむ。

「ふほぉおおお♥♥♥」

肉先を叩きつけた瞬間、ビクンッと咲耶は肢体を震わせた。その震えが肉壁を通じてペニスを刺激する。

「くっ！　で……射精るっ！　咲耶——射精るよ！　でっるぅう！」

刹那、性感が爆発する。何度も射精してきたというのに、それらを超えるほどの性感を覚えながら、直接子宮内に肉汁を撃ち放った。

「ふっひぃいい♥　で、でってりゅ！　おっおっおほぉおおお！　なっか、膣中にぃい——しぎゅーにでてりゅ！　智也のしぇーえきがれでりゅう♥　おっおっおおおお！　こっれ……い、いい！　きもっ——きもぢいい♥　いいの！　よっしゅぎるのぉ♥　いっぐ！　こっれ……いぐっ！　おっおっ……おー♥　おー♥　おほぉおおお♥　ぎもぢよずぎでいっぐ！　これ、妊娠！　智也の赤ちゃん——あっかひゃん孕みながらいっぎゅ！　わらひ……いぐの♥　おおお！　いぐいぐいぐいぐ――いっぐうううう♥♥♥」

脈動しながら肉汁を撃ち放つ。ドクンッドクンッという肉棒の痙攣に合わせるように肢体を震わせながら咲耶も達する。

「咲耶……好きだ。大好きだ」

その姿に愛おしさが募る。

「わ……わらひも……はっへ……しゅきら……。ともやのころ……らいしゅき♥」

互いに脱力しそうな程の絶頂感に包まれながら、どちらともなく唇を重ね合わせた……。

それからもひたすら智也と咲耶は繋がり続ける。

「ふっひ！　こんな格好は……恥ずかしい！　あんっあんっあんんん！　はっずかしいのに！　こっれ……届く！　んっひ！　奥！　わったしの……ひんっひんっひんんん♥　わったしの奥まで届くの！　智也のが……智也のが届いて！　気持ちいい♥」

後背位で全裸になった咲耶と繋がり合う。腰を打ちつけるたびにパンッパンッパンッと乾いた音が響き渡った。乳房が突きこみに合わせて前後に揺れる。ブルンッブルンッという激しい動きを見ていると、それだけで興奮が高まり、より肉棒が硬くなっていくのを感じた。

本能のままにこれまで以上に肉槍を突きこむ。

「おおお！　当たってる！　すっごい！　ふひぃっ！　い、いいっ！　いいの！　ともやぁっ♥　こっれ……絶頂く！　絶頂くの♥　あっあっあっ——絶頂っちゃう。また、また絶頂く！　私またぁああ♥」

「俺も……俺も射精るよ！　射精るっ!!」

腰を震わせながら、再び直接子宮内に肉汁を注ぎこんだ。

「ふひぃい！　でってる！　おっおっ——まった膣中！　また膣中に熱いのが！　ああ……いぐっ！　いぎゅうっ♥」

射精によって条件反射のように咲耶は達する。キュウッと肉壺が締まり、ドクッドクッと痙攣する肉槍を締め上げてきた。

「くうう！　咲耶！　咲耶ぁああっ！」

まるで全身を締め上げられているかのような心地よさを感じる。身体中が蕩けてしまうのではないかと思うほどの性感。興奮がより駆り立てられていくのを感じた。

だから智也はすぐにピストンを再開する。

「う、嘘っ！　んんん——あっあっ……うじょぉおおお！　そんな……だっし……あっあっあっ！　だっしながらう、動いてる！　んひぃいいいい！　嘘ぉおお！　こんな……射精しながらなんてだっめ！　駄目よ！　おかしくなる！　絶頂ってる！　そんな……そっんな、は……はげ……ふうっふうっふうっ！　激しく動かれたら――まった、また絶頂く！　絶頂きながら絶頂っちゃうから止めてぇええ♥」

「いいよ！　絶頂って咲耶！　俺に……俺に絶頂きながら絶頂く咲耶を見せて！　さぁ！　絶頂って！　咲耶っ!!」

止まってくれと言われても止まるつもりはなかった。というよりも、止まることなどできなかった。

本能のままに咲耶の膣を突いて突いて突きまくる。どっじゅどっじゅどっじゅどっじゅと、肉先から白濁液を撒き散らしながら、ひたすら肉壺をかき混ぜた。

「あああ！　いぐうう！　絶頂きながら――いぐの！　いぐっ！　いぐいぐいぐいぐ……いっぎゅぅううう♥♥♥」

「うっ！　くあぁあああああ！」

再び肉槍がきつく締めつけられる。智也は腰を戦慄《わなな》かせつつ、さらに多量の肉汁を撃ち放った。

「智也！　しゅっき♥　しゅきよ智也。らいしゅき♥　あいひてりゅ」

「俺も……俺もだよ咲耶！」

ベッドの上で対面座位で互いに腰をくねらせ合う。チュッチュッチュッと何度も口付けしながら、汗と汗が混ざり合うほど強く身体を抱き締め合った。

「んんんん！　いっぐ！　あああああ♥　きしゅ……。きしゅしたらけれいぎゅうう！」

「俺も！　くあああっ！」

二人同時に口付けしたまま達する。

「んっんっんんんんん♥」

むわああっとした発情臭が、室内いっぱいに広がっていった。

それから一体何度互いを求め合い続けただろうか？

気がつけば夜になり、そして——朝になっていた。

「おっ♥　おっ♥　おっ♥　まった……またいぎゅっ！　いぎゅのっ！　ふっほ……。熱いの……せーえき……。智也のしぇーえきお尻に射精されていぎゅのぉ♥　んほっ……ほっほっ……むほぉおおお……」

何度目になるかわからない射精を、ベッドに俯せ状態に倒れ脚を蟹股状態に広げた咲耶の尻の中に流しこむ。ドクンッドクンッという痙攣に合わせるように咲耶も肢体を震わせ、達した。

じょぼっ……じょぼろろろっとおしっこまで漏らしながら……。

「れてりゅ……。おひっこ……おふとんの上れおひっこしひゃってりゅ。あっへ……はへぁあああ……。あっあっあふぁあああ……。こっれ……いけない……。いけにゃいことらのに……きもひぃいい♥ おひっこしゅごくいいにょぉ♥」

普段の咲耶からは想像もできないほど表情を蕩かせつつ、全身を智也によってぶっかけられた白濁液塗れにしながら、尻を震わせて失禁する。そんな状態であるから、当然尻に力を入れることもできないらしく、ジュボッと肉棒をアナルから引き抜くと、尻穴は閉じることなくぽっかりと開き続けた。

その中から、流しこんだ白濁液がゴボッゴボッと溢れ出す。

「んっひ……あっ……。はへぁあああ……。れ、れてりゅ……。おっおっ……。と……もやのしぇーえき……お漏らしみたいにおひりかられてりゅ……。んっひ……。ふひぃいい♥ ひっひっひっ♥」

ドロドロと肛門から零れ落ちた白濁液が、ぱっくり開いた花弁を濡らす様がとてもいやらしく、美しかった。

とはいえ、二人の関係を知らない人が見たら、輪姦でもされたのではないかと錯覚しそうなくらい酷い有様である。

それでも咲耶は幸せそうな笑みを智也へと向けてきた。

「ら……らいしゅきよ智也……。じゅっと……はぁっはぁっはぁっ……じ……じゅっとわらひと一緒にいなしゃいよね……」

「ああ。もちろんだよ」

その笑みに智也も笑みで答える。

答えながら——

「ふちゅっ！　んんんん」

またキスをした。

唇と唇を重ねるだけの優しいキス。でも、長く長くそれを続ける。

重なっているのは唇と唇だけれど、心まで深く深く繋がり合っていくかのような気がするキスだった。

＊

「随分まぁ……その色々したものですね」

キスをし、愉悦に溺れてからどれだけの時間が過ぎただろうか？

気付けば咲耶は智也と共に眠ってしまっていた。そんなところに声がかけられる。

「へっ？　あ……聡子……って！　あっ……きゃああっ!!」

全裸のままだったことに気付き、慌ててぐっしょり濡れたシーツで身を隠そうとする。この時グイッと布団を引っ張ったせいで、智也が「うおわっ」と情けない声を上げて下に落っこちた。

「と……智也!?　だ、大丈夫？」

「ああ……ん、なんとか……」

「そう、よかった……」

怪我はないらしい。心の底から咲耶はホッとする。大好きな智也が怪我をする姿なんて、これっぽっちも見たくなかったから……。

「ごめんね」

「別にいいって……」

素直に謝罪すると、優しく智也も微笑んでくれた。

なんとなく二人で見つめ合う。

そうしているとなんだかドキドキと胸が高鳴り、気付けば瞳を閉じてキスを求めるように唇を突き出していた。

「はい、ストップ！　私がいること忘れてませんか？」

「あ……きゃあああっ！」

そこで聡子の存在を思い出し、慌ててシーツにくるまる。グチョッと肌に張りついてくる濡れた感触がちょっと気持ち悪かった。

「しっかし、本当に二人とも仲良くなりましたね。ふふ、素直なのはいいことですよ。で、そんなお二人に私から提案があるのですが？」

「「提案？」」

一体なんだろうか？　二人同時に小首を傾げる。

「簡単なことですよ。どうです？　この際……いっそのこと二人で結婚されたら。せっかく花嫁修業もしたことですしね」

パチッとメイドはウィンクをしてきた。

「「け……結婚？」」

同時に互いを見つめ合う。

（結婚って……智也と？　私が……）

見つめているだけでなんだか胸がキュンとしてくる。顔を見ているだけで、好きという気持ちが溢れ出してくるのを感じた。そんな智也と結婚？

考えるだけで、ドキッドキッと胸が高鳴るのを咲耶は感じた。

＊

数カ月後――

「咲耶……くっ！　いいよ！　締まる。凄く咲耶のおま×こ俺のを締めつけてくる」

智也はすっかりお腹が大きくなった全裸姿の咲耶と、彼女の部屋のベッドにて後背位で繋がり合っていた。

「んっふ……。はぁっはぁっはぁっ……くっひ！　あああ……。わったしも……私もいいわ♥　ズンズンッて膣中をかき混ぜられるの凄く感じる♥　気持ちいい。智也のおちん×んよすぎる♥　こっれ……絶頂っちゃう。私……すぐに……すぐに絶頂っちゃいそう♥」

突きこみに合わせてよがる咲耶は頭に、まるで花嫁のようにベールをつけている。これは智也からのリクエストだった。

「いいよ！　絶頂って！　咲耶俺も！　俺も絶頂くから！　だから絶頂っていいよ！」

絶頂きそうという彼女の言葉に応えるように、母胎に配慮しつつもより大きく腰を振る。まるでお腹の中にいる子供に挨拶でもするかのように、ズンズンズンッと子宮口を肉先で繰り返し叩いた。

「あああ……。当たる！　そっれ……奥に……奥に当たるぅ♥　すごっい！　あっあっあんんんん！　すっき。智也――愛してる。大好き……。大好きぃっ♥」

以前の咲耶からは想像もできないくらい素直に想いを伝えてくる。

「俺もだ。俺も咲耶のこと大好きだ！　咲耶！」

そしてそれは智也も同様だった。

自分でも驚くくらい素直に気持ちを伝え、咲耶を振り返らせるとそうすることが当然とでもいうようにキスをする。

「ふっちゅ……。むちゅうっ！　はっちゅ……。んっんっ……。んちゅうう♥　はぁっはぁっはぁっ……智也……。いてね。ずっと……ずっと私の側にいてね。どこにも行かないでね。私を……私を離さないでね。んっちゅ……ちゅぷっ……。むっちゅ……ちゅっちゅっちゅるぅっ！」

「言われなくたってそのつもりだよ。咲耶が嫌だって言っても、お前の側を離れてなんかやらないからな！」

「智也……好きぃ♥」

ねっとりとどこまでも濃厚な口付けをする。

そうしてグチュグチュと淫靡な音色を奏でてキスをしながら、ひたすら腰をくねらせ、自分の存在を咲耶の身体に刻みつけるようにひたすら腰を振り続けた。

「あふぁっ！　んっふ！　んー♥　んー♥　んんんん♥　こっれ……しゅごい！あっあっあんんんん！　い……絶頂きそう……わたひ……あっあっあんんんん♥　いっちゃいしょう♥」

「いいぞ絶頂って！　というか……絶頂ってくれ！　俺も……俺ももう絶頂く――射精るから。だから絶頂っていいぞ」

咲耶を絶頂に導こうとするように、より深くまで肉棒を挿しこむ。

「だ……だっめ。これじゃ……これじゃ駄目ぇ♥　あっあっ……絶頂きそうだけど……絶頂きたくないの。これじゃ絶頂きたくない」

絶頂きたくない？　どういうことだろうか？

首を傾げていると、お嬢様はこちらに性欲に溺れた顔を向けてきた。

「ねぇ、正面から私を抱いて♥　智也を……あっあっ……だ、だいしゅきな智也を見ながら絶頂きたいから♥　だから……お……お願い♥」

「さ……咲耶ぁっ！」

想いが爆発する。

智也は一旦肉棒を引き抜くと、今度は対面座位で愛しい幼なじみと繋がり合った。

「智也ぁ♥」

「咲耶っ！」

互いに名を呼び合いながら、唇を重ね合う。舌を挿しこみ、口内をひたすら貪った。

「むっじゅ……。はむうっ！　むっむっむふぅううううっ」

そうして口付けをしながら、二人で一緒に腰を振る。じゅっぶじゅっぶじゅっぶっと淫靡な音色を奏でながら、肉槍で蜜壷を蹂躙した。

「凄い！　あああぁ！　当たってる。奥まで当たってる♥　気持ちいい！　こっれ……いいの。いいから！　だから……あっあっあっ……き、きて！　きってぇええ！　射精してぇ♥　たくさん……あっあっあっ……んっちゅ……。はちゅうう！　んっふううう！　なっかに……私の膣中にたくしゃん射精して！　智也のせーえきちょうだ

い♥　お願い……射精してぇ♥」

「射精す！　ああ、射精すよ！　たっぷり……たっぷり射精してやる！」

愛しい幼なじみに求められるがままに肉槍を打ちつける。腰と腰がぱちゅんっぱちゅんっとぶつかり合うたびに、肉棒はより硬くたぎっていった。亀頭は破裂しそうなくらいに膨張していく。

「大きい！　わったしの……んっんっんんん！　わたひの膣中れ智也のが大きくなってりゅ！　あっあっあっあっ……あーあーあーあーあー♥　絶頂っく。こんな……大きいので突かれたら、私……わったひぃぃいい！　絶頂くの！　いっぢゃうのぉ♥」

「俺も……もうっ！」

チカッチカッと視界が明滅する。最早限界だった。

「で……射精るっ！　射精るっ！　射精るぅううっ‼」

これ以上ないというくらいに肉棒が膨れ上がる。同時にクパッと肉先が開き、ドクンドクンと脈動しながら咲耶の膣中に向かって多量の肉汁を撃ち放った。

「あああ！　きった！　ひっひっひぉおおお♥　熱いのが！　わった……わたひの膣中に熱いのが来たぁああ♥　すっごい！　んっひ……ふひぃぃいいい！　こっれ凄い！　あっあっ、気持ちいい。染みる。智也のしぇーえきが染みこんでくりゅう♥　よすぎる！　あうっあうっあううう！　これ気持ち……きっもひよしゅぎで……いっぎゅ。

わらひいぎゅの！　おっおっおおおお！　いっぢゃうのぉおお♥　いぐうう！　いぐっいぐっ――いぎゅのぉおおお♥　いぐうううう」

ペニスの痙攣に合わせて咲耶は肢体を震わせながら、キュウッと肉壁を収縮させて絶頂に至った。

「あっ♥　あっ♥　あふぁああああ……♥」

熱い吐息を響かせる。

白い肌を桃色に染め、全身から汗を分泌させながら――

「あああ……まった……おひっこ……。わらひ……もうしゅぐおかあしゃんになりゅのに……あっあっあふぁあああ……。まった、まらおひっこ、じょぼじょぼもらひひやってりゅう♥　はっへ……んへっ……あっあっ……あへへへぇええ……♥」

いつものように咲耶は失禁し、心の底から心地よさそうに微笑んだ。

「咲耶……」

「智也ぁあ……」

見つめ合いながら、毎回そうしているように、唇と唇を重ね合った。

＊

な～んてどこからどう見ても新婚夫婦ですらあきれかえるくらい、激甘な生活を二人は日々過ごしていた。

甘ったるいことこの上ない。見ているだけで胃もたれしそうな光景である。

「なんか砂吐きそう……」

そんな言葉を聡子は思わず呟いてしまう。

正直こんな光景見ていたくはなかった。

なにが悲しくて一応年頃の女である自分が、自分よりも若いカップルの情事なんかを覗き見なければならないのかと思ってしまう。

（それもこれも……こんなラブラブなくせに素直にならない二人のせいだわ！）

拳を握り、聡子はプルプル震えた。

そう、これだけのことをしておいて、二人は未だ結婚していないのである。

その理由は――

『と……智也と結婚？　あ……あり得ないわ。その……えっと……だ、だって私は智也の主なのよ！　主が使用人と結婚なんてあり得ないでしょ！』

『あり得ない！　こんなわがままお嬢様と結婚なんかできるかってんだよ！』

というものである。

じゃあ子供はどうするのかと尋ねると――

『『一緒に育てるに決まってるだろ（でしょ）！』』

とのことだった。

だったら結婚しろ！　と思うのだけれど、

『それはない！　これは……えっと……そう！　いつか、いつか斑鳩家に相応しい人間を婿に迎える時のための花嫁修業なのよ！』

『そうそう。俺はそれに付き合ってるだけだから！　その……なんていうか……子育ても咲耶が誰かと結婚した時のために練習しておかないといけないだろ？』

とかなんとか言い訳してくる。

あんな告白までしておいて、今さらこれだ。花嫁のベールまでしておいてこれだ！

その上――

『わ……私はあんた以外の誰とも結婚する気ないわよ！　結婚した時のために……なんて言い方しないでよね！』

『それはこっちの台詞だよ！　斑鳩に相応しい人間を婿にって……俺は誰にもお前を渡さないからな！』

なんて痴話喧嘩まで始めるのだ。

はっきり言って面倒くさすぎる。

「今度姉さんに誰かいい男でも紹介してもらおうかしら？」

（……な～んて言ったら、それはこっちの台詞よ！　とか言われそうね。はぁああ……しっかしなんで恋人できないのかしら、顔は悪くないはずなのに……って、面倒見なくちゃいけない子供がいるからよねぇ。うう、なんだってこの年でこんな面倒くさい子供たちのこと気にしなくちゃいけないのかしら……。聡子ちゃん泣いちゃいそう……）

などということを考えて大きなため息をつきながら、今度はどういった方法で二人を素直にさせるべきか研究するために、改めて聡子は甘々カップルの観察を行うのだった……。

美少女文庫
FRANCE SHOIN

ツンツンお嬢様《じょうさま》のデレ嫁修業《よめしゅぎょう》

著者／ほんじょう山羊（ほんじょう・やぎ）
挿絵／ゆき恵（ゆきえ）
発行所／株式会社フランス書院
〒102-0072　東京都千代田区飯田橋 3-3-1
電話（営業）03-5226-5744
（編集）03-5226-5741
URL http://www.bishojobunko.jp

印刷／誠宏印刷
製本／宮田製本

ISBN978-4-8296-6272-4 C0193
©Yagi Honjoh, Yukie, Printed in Japan.
本書のコピー、スキャン、デジタル化等の無断複製は著作権法上での例外を除き禁じられています。
本書を代行業者等の第三者に依頼してスキャンやデジタル化することは、
たとえ個人や家庭内での利用であっても著作権法上認められておりません。
落丁・乱丁本は当社営業部宛にお送りください。お取替えいたします。
定価・発行日はカバーに表示してあります。

美少女文庫
FRANCE SHOIN

◆◇◆ 好評発売中！◆◇◆

美少女文庫
FRANCE SHOIN

◆◇◆ 好評発売中! ◆◇◆

美少女文庫
FRANCE SHOIN

◆◇◆ 好評発売中！◆◇◆

美少女文庫
FRANCE SHOIN

◆◇◆ 好評発売中！◆◇◆

原稿大募集 新戦力求ム!

フランス書院美少女文庫では、今までにない「美少女小説」を募集しております。優秀な作品については、当社より文庫として刊行いたします。

◈応募規定◈

★応募資格
※プロ、アマを問いません。
※自作未発表作品に限らせていただきます。

★原稿枚数
※400字詰原稿用紙で200枚以上。
※フロッピーのみでの応募はお断りします。
必ず**プリントアウト**してください。

★応募原稿のスタイル
※パソコン、ワープロで応募の際、原稿用紙の形式にする必要はありません。
※原稿第1ページの前に、簡単なあらすじ、タイトル、氏名、住所、年齢、職業、電話番号、あればメールアドレス等を明記した別紙を添付し、原稿と一緒に綴じること。

★応募方法
※郵送に限ります。
※尚、応募原稿は返却いたしません。

◈宛先◈

〒102-0072　東京都千代田区飯田橋3-3-1
株式会社フランス書院「美少女文庫・作品募集」係

◈問い合わせ先◈

TEL: 03-5226-5741
E-mail: edit@france.co.jp
フランス書院文庫編集部